杂交水稻之父 | 中国工程院院士
袁隆平先生 为壮象香杉文化题字

左：叶新忠先生
壮象集团董事长 | 广西细木工板协会会长 | 中国林学会杉木专业委员会常务委员

编委会

策　　划：广西壮象木业有限公司
主　　编：叶新忠
执行主编：荣　波　韩彩英
编　　务：向跃珍　李明枝

当代作家精品·诗歌卷

种一束珍贵的思念

叶新忠　主编

北京出版集团
北京出版社

图书在版编目（CIP）数据

种一束珍贵的思念 / 叶新忠主编 . — 北京 ：北京
出版社，2023.2

（当代作家精品 . 诗歌卷）

ISBN 978-7-200-17632-2

Ⅰ . ①种… Ⅱ . ①叶… Ⅲ . ①诗集—中国—当代
Ⅳ . ①I227

中国版本图书馆 CIP 数据核字（2022）第 240045 号

当代作家精品·诗歌卷

种一束珍贵的思念

ZHONG YI SHU ZHENGUI DE SINIAN

叶新忠　主编

出　　版　北京出版集团
　　　　　北京出版社
地　　址　北京北三环中路 6 号
邮　　编　100120
网　　址　www.bph.com.cn
发　　行　北京出版集团
印　　刷　三河市中晟雅豪印务有限公司
经　　销　新华书店
开　　本　710 毫米 ×1000 毫米　1/16
印　　张　14.5
字　　数　80 千字
版　　次　2023 年 2 月第 1 版
印　　次　2023 年 2 月第 1 次印刷
书　　号　ISBN 978-7-200-17632-2
定　　价　69.80 元

如有印装质量问题，由本社负责调换
质量监督电话　010-58572393

无穷的远方，无数的人们

——诗序

张志强

　　袁隆平兴致盎然，接过广西壮象木业董事长叶新忠递过来的香杉木块，深吸了一下小杉木块散发出的味道，微闭双眼回味一下，再次拿起，又嗅了嗅，意犹未尽，"这让我想起年轻时在怀化安江做水稻教研工作时居住的房子，"袁隆平深情地说，"吃在广州，玩在杭州，死在柳州，香杉木与我们南方人一生为伴。"

　　袁隆平开心地笑了。香杉木散发出的柔和弥久的香气拉近了两个人的距离。

　　这是叶新忠与袁老的第一次会面。时间是 2019 年 5 月 11 日。那是一个暖阳如煦的下午，他们在商议为即将成立的"袁隆平院士工作站"制作香杉家具。

　　第二次相见是 2019 年 10 月 9 日。广西桂林市灌阳县新圩镇小龙村举行"袁隆平院士工作站"揭牌仪式。叶新忠安静地坐在台下，享受着自家企业制作的香杉木家具的清香，看着精神矍铄的袁隆平在台上的演讲，他感到了一种绵密的精神力量。

　　2021 年 5 月 22 日 13 点 07 分，袁隆平病逝于长沙中南大学湘雅医院，享年 91 岁。

　　听到噩耗的叶新忠良久没有回过神来。虽然老人 90 余岁，走是自然的，但似乎还是有些突然。悲伤溢满情思，距第一次见到袁隆平整整过去了两年的时间，香杉的馨韵尚在，袁隆平的面孔时时出现在脑海，这不只是一个忽然而又必然的到来，更是一次艰难的诀别。

一个念头闯入叶新忠的脑海，他要以诗歌的方式纪念这位梦的使者。

这是灵魂与灵魂的邀约，更是心与心的再次相遇。两个做着大梦的生命即将在精神的天堂、在灵魂的圣殿相会了。

那时，诗人韩彩英恰巧正在寻找祭奠这位令人尊重的大科学家的方式，诗人与企业家撞出了思想与情感的神圣火花。

何止于诗人韩彩英与企业家一拍即合？更多的诗人们都拿起了笔，抒发着对给亿万中国人带来生命之源的大科学家的思念之情。一时间，各种媒体纪念袁隆平的诗作像潮水一样涌动着，喷发着。在这个大地正经受着苦难，人类正被瘟疫笼罩的时刻，无数经历着疾病与心理挤压的人们，正以多情的感恩之心默默地祈祷祝福。

于是便有了这次用诗歌讲述的"稻子的故事"全国诗歌大赛。

这个与水稻有关，与香杉有关，与袁隆平有关，与叶新忠有关的诗歌盛会有着浓郁的隐喻意味。这不仅是对种稻者的敬重，还是一次对大自然馈赠人类生存必需之物的精神仪式，更是两代人以不同的方式改变中国人生存境遇的宣示。

"稻子的故事"诗歌征文活动随即得到热烈响应与支持。袁隆平点燃了每颗感恩与思念的心，叶新忠搭起了祈福的高台，燃起熊熊的烈焰。诗稿源源不断地汇集到一起，稿纸上的一个个字，宛如从稻壳中碾出的晶莹的带着土地温润的稻米，又像飘散在空气中的香杉厚味。

稻花香里说丰年，香杉树下道自然。叶新忠自己也以饱满的激情创作了一首诗歌，加入到这个宏大昂扬的吟诵队伍中来。

短时间内，诗歌征集活动收到了来自北京、广西、广东、浙江、江西、山东、安徽、新疆等地 1206 名诗人、诗歌爱好者的诗作 4000 余首。

北京市海淀区作家协会得知此事，在石钟山主席的支持推动下，决定与广西壮象集团展开合作。著名诗人苏忠牵头，组成由知名诗人、作家、评论家担纲的评委阵容，对汇聚而来的诗作精挑细选，以袁隆平那种从亿兆稻粒中筛选精品良种的精神，发现、留住那些散发着稻香木馨的诗作。经过匿名筛选、初评和终评，评选出一等奖 1 名，二等奖 2 名，三等奖 3 名，优秀奖 10 名，鼓励奖 60 名。

在诗作里，我们读到了许多优秀的文字。

那首《先生，祖国的稻子熟了》（解品军）以诗的意象和哲思告慰已逝的亡灵：

先生，这个五月
十四亿人民用来活命的稻子
在祖国辽阔的大地上
从南往北，像涌动着金色波浪的海洋
开始饱满，成熟，弯下了慈悲的腰身

我试图一再模仿它们的模样
虔诚地低下头颅，去看清每一滴水
和造就黑暗中生命的泥土
越来越热烈的阳光，在勤劳汗水的加持下
每一道都如此均匀，都有了岁月的包浆

先生，每个人都会像您一样老去
我们的脸上也会布满旧时间的沟壑
在同样的轮回里，我们栽种水稻
也繁衍人类生命的种子与希望

《大地上的小提琴手》（杨浩）借袁隆平的灵魂向母亲倾诉了赤子之心的感恩与跪乳之情：

妈妈，稻子熟了

长沙与安江，隔得太远太远
妈妈，我在一粒失眠的种子里想您

我有一把小提琴，能化解苦难的风声
却解不了远离的愁绪

妈妈，安江崎岖的田间小路，您不用走了
可我欠您的中秋月亮，该如何偿还

妈妈，您用教育的种子启发了我
一粒种子可以改变世界

《亲爱的稻子》（迟颜庆）以对话的奇妙方式，细腻地描绘出人与物的互馈与互生的精神共存：

一棵稻子，就是我们的

另一个身体，大地的气息秀成谷穗，直到向泥土低头

它的脖颈是最柔软的一部分

拔出地心里的疼，身体里的黑暗

已经熟透。谁也无法改变彼此的血缘，宁愿

扑进它的怀中，耗尽余生

一根傲骨的契约杳无音信，你只能

从泥土中取出自己

什么叫放下，什么叫放过

追杀过来的刀锋一声紧过一声

一棵稻子，早就插进我的生命里。仿佛

它活多久我就活多久，仿佛它

就是我身体里最后的渴望

稻子，稻子，这么亲切的名字

最适合缝补人间的旧伤

你可以挨个指认它们，哪一棵是有罪的，哪一棵

白白受了冤枉

来，就让那美来收拾我。昨夜

又有一个好梦被蝉鸣置于死地。纵有再大的幽怨

我愿意在斩首之前，再拥抱一次

暖阳依赖的是人们火一样的情与热，那是我们的根宗与脉相。

袁隆平用生命点燃了人们对美好幸福的向往，追随他的人都说

袁老就是一团永不熄灭的火。

朋友说，叶新忠是"自带光芒的人"。

我说，叶新忠是脚踏实地仰望星空的追梦者。他为诗人们提供了一次围坐的机会。人们聚集在温暖的篝火边，不再孤独，不再无助，不再流浪。

天下大和、大福。

无穷的远方有无数的人们正向着无限的未来前行。他们用灵魂唱出感人的歌谣。

目　录

一等奖

解品军

先生，祖国的稻子熟了（组诗）

一

先生，这个五月
十四亿人民用来活命的稻子
在祖国辽阔的大地上
从南往北，像涌动着金色波浪的海洋
开始饱满，成熟，弯下了慈悲的腰身

我试图一再模仿它们的模样
虔诚地低下头颅，去看清每一滴水
和造就黑暗中生命的泥土
越来越热烈的阳光，在勤劳汗水的加持下
每一道都如此均匀，都有了岁月的包浆

先生，每个人都会像您一样老去
我们的脸上也会布满旧时间的沟壑
在同样的轮回里，我们栽种水稻
也繁衍人类生命的种子与希望

二

先生，我曾和别人提起
十岁前的童年，单调和饥饿是我的填充物
在那个曾一再贫穷的村子里
我翻遍整座丘陵和农田
也未曾见过一粒散发诱惑肠胃的大米

在世人怀疑的目光中，我始终相信
会有人前来，像再现人间的神
去拯救，一个孩子在天真年代
保留的向往与渴望

先生，那些您培育的稻种
如今像生生不息又波澜壮阔的画卷
铺展在了我童年停留的故乡
它们将一个孩子迷恋过的清香与甜蜜
还有过去的饥肠辘辘
悉数安置在更多亲人的腹中
让我们继续对美好的生活充满憧憬

三

先生，您看啊，这个五月
祖国的稻子，遍地金黄

我们和雀群，在您满意的目光中
加速扑向这令人陶醉的稻田

您和我们都始终相信
所有的稻子，在未来的某一天
会有匹配高粱的肩膀
丰收的夜晚，会有甜蜜的安静
会有清凉的小夜曲，会有一轮明月
躲进您栽种的巨大阴凉中

会有白花花的稻米，成为雪山
它们会闪着白银的光芒，像月亮的孩子
填满，整个天下的粮仓

四

先生，今天普天下的雨水都落在了长沙
还有那么多悲伤的泪水
一半，请允许我们拿来为您送行
另一半，请您带至天堂继续未完成的栽种

先生，在您离去的这一天
在您行走过的田间地头
在这天下最大的金色维也纳殿堂里
稻浪在所有草木的伴奏中

拉响这人间再悲伤不过的旋律

我幼小的孩子，在沉默中
吃光了碗中最后一粒洁白的米粒
先生，母亲曾告诉我
这世上一直都有神在不断地前来
又不断地离去

余生的每一个除夕夜，我都会向着明月
端起一碗芳香四溢的大米饭
我们将沿着您人间的足迹，继续插秧栽苗
像母亲即将诞下婴儿
像佛祖开始微笑，像太阳洒下光芒
像您，用一生交出了世上的真理

二等奖

杨　浩

大地上的小提琴手（组诗）

妈妈，稻子熟了

长沙与安江，隔得太远太远
妈妈，我在一粒失眠的种子里想您

我有一把小提琴，能化解苦难的风声
却解不了远离的愁绪

妈妈，安江崎岖的田间小路，您不用走了
可我欠您的中秋月亮，该如何偿还

妈妈，您用教育的种子启发了我
一粒种子可以改变世界

当初，您和父亲给我起了这名字
就是盼望祖国隆盛昌平吧

妈妈，我在信中说："稻浪的背影里，我们

隔着 21 年的时光"，可我不留神又过了 11 年

"稻芒划过手掌，谷子泛着橙黄的味道"
妈妈，稻子熟了，我可以来找您了

大地上的小提琴手

头戴草帽的泥腿子，不认识巩俐
因您草根明星，只为田野拉琴
一拉，万物就纷纷长出耳朵

黄河、长江、恒河、尼罗河的阳光雨水
是您的宏大气场。您有四根弦
历史涩弦，田埂梦弦，穿过祖国和
民心的和弦，伴奏丰收之歌的欢乐弦

先凭空一拨，发芽几粒优质音符
然后，更多的旋律随之铺展
拔节，直到金黄的音乐长满世界

多么像救世主，从低音区升起炊烟
又像黄金家族高傲的父亲
卷起汹涌的大海。您终被幸福淹没
遗落的金质时光——智慧、知识、格言
人们捡起，能听到灵魂的声响

一定是去天上种植水稻

都说是米菩萨

人间温饱种满了就去天上

许是想到天上的亡灵也饥饿吧

亡灵谱中住着《悯农》里

我的先人

那月亮是怎样一日日空空的碗啊

但愿天上没有历史的犁铧

在您额头犁下深重的苦难

您曾经苦苦地"问"

不是诗人却比诗人更清醒——

怎样获得一个名副其实的碗更重要

于是您也写大地的诗

用合十生长的手势

祈愿世界"禾下可乘凉"

您这个当代神农

封神榜上，是泥腿子神吧

一直与土地和土地上的苍生共命运

就葬给您热爱的人间泥土

去天上，您的博爱将种植成永恒

让天成为真正的天堂

迟颜庆

亲爱的稻子（组诗）

（手记：一个老人与一棵稻子的情缘。）

身体里的稻子

每一棵稻子，都是一把钥匙
要将来自地心里的呐喊锁住。一把把刀子
早已听懂救命的呼喊声

那一垄垄命哦
那一垄垄在泥水中挣扎的稻子
低语——

给我一次昂首的机会。我多想
抱着一把刀子痛哭一场。身体里长满稻子——
这些粮食不够亲切吗
每一粒都是骨肉，每一粒都是清白的

抬起头，我已将大地深处的渴望种满天空
风一吹，你就落啊。大雪为骸骨披上盖头

你就落啊

白发苍苍的老母亲，将身体里的稻子取出

喂活了炊烟、灯火和我饥饿的童年

你有爱，就喊出来

从一粒稻子的陨落开始，生长是最原始的仪式

你若悲伤，就抬起头

你若悲伤，就把自己，插在大地的心口上

弯下身

我和稻子保持同样的姿势。那根弦

已绷到极致。哪怕

逼迫我再弯下一点点，都有可能

嘎巴一声

折断

亲爱的稻子

一棵稻子，就是我们的

另一个身体，大地的气息秀成谷穗，直到向泥土低头

它的脖颈是最柔软的一部分

拔出地心里的疼，身体里的黑暗

已经熟透。谁也无法改变彼此的血缘，宁愿

扑进它的怀中，耗尽余生

一根傲骨的契约杳无音信，你只能

从泥土中取出自己

什么叫放下，什么叫放过

追杀过来的刀锋一声紧过一声

一棵稻子，早就插进我的生命里。仿佛

它活多久我就活多久，仿佛它

就是我身体里最后的渴望

稻子，稻子，这么亲切的名字

最适合缝补人间的旧伤

你可以挨个指认它们，哪一棵是有罪的，哪一棵

白白受了冤枉

来，就让那美来收拾我。昨夜

又有一个好梦被蝉鸣置于死地。纵有再大的幽怨

我愿意在斩首之前，再拥抱一次

"稻子地是

早已摆好的一道

宴席。"

它们将头颅低了再低

稻子

稻子

是你们把这江山

又抬高了几分

稻子分蘖的声音有多疼

它的内心涌出泥土的光芒。迟到的剑伤
伤的是一颗迟到的月亮。水声，勒紧光阴，逼问
一张蛛网的下落。风
坐在岸边
思索
解救一棵稻子的困局

稻子分蘖的声音有多疼
是一座村落的骨节，咯咯作响
是一只瞌睡的候鸟，失手打翻了一碗鸣叫
重生
一片稻子在烟雨蒙蒙的破绽里定居。谁把谁的风月
泊到草丛中去了

稻子分蘖的声音有多疼
它对泥土的思念，就有多么灾难深重

问世间，情为何物
只需一位老人脚掌那么大的印章，就锁住了一生

三等奖

杨　飞

悼袁君书：天下粮心

……国士在，且厚，不可当也。

——《左传》

我觉得，人就像一粒种子……根深叶茂，枝粗果硕。

——袁隆平

此刻，当我用微颤的双手在洁白的信笺上
写下"袁"字，我在心底默念：它共有 10 笔
于是我端起杯弓腰向身前的苍茫大地敬祭 10 盅
当我写下"隆"，它共 11 笔，我转身朝德安的袁家山敬祭 11 盅
当我写下"平"，我望向窗外生养我的沿淮平原，再敬上 5 盅……

整个早晨，我反复在一张白纸上书写这三个汉字
从甲骨文、金文、大篆、小篆、隶书，到草、楷、行——
当我用线条细瘦的甲骨文书写，我看到了他清瘦的一生
饥馑的国民，大地裂开哀痛的唇——刻骨铭心
当我用弯笔丛生的金文书写，我看到他耿立的脖颈
一如那不轻易向劲风倒伏的秸秆，铁骨铮铮

因形立意，当我写下篆书，烈日或暴风雨下，现出他独行的身影

当我用隶书，他动作轻疾、神情凝重

当我用草书，他刚从稻田深处抬起脸，挥舞遒劲的双臂

在他身后，万物肃立，江海喧腾

而他的身影被时光之手拉长，淡定从容

最后，我用我最爱的楷体，再次将他书写——

每一笔每一画，都是那么直平方正……

在这个初夏的早晨，窗外广袤的祖国大地上，稻田里生长黄金

米粒洁净如银，流水传播着劳动者的足音，以及布谷鸟热切的叫声

山河无恙人世皆安时，我啊——我怀着满腔的深情

在平坦的信笺上

反复写下一个人的姓名：袁隆平，袁隆平，袁隆平……

他步伐稳健，仿佛刚从远古走来，带着数千年的期盼与笃定

是的，今天我写下的每一个笔画，都是大地上的一粒粮食

每一个汉字，都是一颗饱满而热腾的天地粮（良）心……

此刻，我用微颤的双手在铺满阳光的信笺上写下新时代的诗情

然后交于 26 杯您亲酿的高度米酒

对着无双国士的尊荣，燃向无限深远的大地与苍穹

刘燕龙

我和稻田之间，曾有过巨幅的凝望和哀伤

他们说起这些年的变化，水井，天空
他们说起那个名字
稻子们似乎有过某种冲动
要对我表达一个活着的人，对死亡才能表达的
敬意和珍重

那时晨光落在稻田。鸟和鱼有了一瞬间的面对
那时一种宏大的、生命的影子面对着我
就像我曾经感受过的
村庄里的老人，与一块块摆在祠堂中
写着名字的木牌面对时
眼中流露出来的宁静和不舍

稻子是有语言的。田间的人们弯着腰，好像要把
它们的声音，装进自己的身体里
他们在植物希求的目光中
藏起自己的渴望。简单地生活，他们低着头
读出在命运的一角所见
稻子的哀伤。祖辈的名字

时间似乎也停顿了片刻。那些与我站在一起的稻子

在汉语里，在摇动的风声里，铺开了命运

闭合的音节记录下来

生活的秘密、高度、灵魂的火焰

它们渴望的一切都是面对生死的凝望

我写到春风，守护着田野的灵魂

内心深处的声音，把夏天刻成凝望的碑文——

上帝在镜中看到的我和稻子

起点是相似的，是在辽阔的稻花香里，面对一场雨

而我们各自面对理想，可能也面对逝去的哀伤

我写下他的名字——袁隆平，身前的人间，就更寂静了

何立新

袁老，您是天空金色的云

阿公阿婆，割麦插禾

最美的季节里，袁老，您化作了一场谷雨

窸窸窣窣的颗粒掉下来，敲开历史、现实、未来之门

温饱铺陈了文明的底色

伟大的创造有些属于偶然，或者说是命运

然而爱与不爱，为与不为，这才是重点

袁老，您惦记的国人、世人、世世代代的人

我们永远是您丰年的稻花粉

感谢时空荏苒了您的音容，留下了您的懿德

大地的饱满亘古为您流芳，溢彩，翻腾

还有天空的镜子，照亮您铜色的自豪

纤毫历历，祥光万道

感染亿兆的引力，腾起金色的云霞

丰碑不一定是硬性的大理石、铿锵的文字

这些都不是选项，甚至于汗青的加持

至高而无所不在的云朵和阳光，他们的交流

巧色板的金黄才是永恒的归藏

所以，当我们习惯享受生命的静美
坐看云起的东方、水穷的高冈
我们习惯地仰望星空和浩瀚
我们就会自然而然与您相遇
袁老！您是天空金色的云朵
罩着我们——
稻田的秋色，中国人的面子

优秀奖

邵　悦

一粒稻子的高度

一

鹤立稻群，是天然的恩赐
可它来人间是寻找一位
完全懂它、敬它、疼它的父亲

从发现第一株叛逆的稻穗开始
您就成了稻子们的父亲
您收养了大自然变异的流浪儿
教它们如何热爱自己的土地
如何为百姓战胜饥荒而献身

二

当好一粒稻子的父亲，并非一件容易的事情
心里首先装着天下孩子的饭碗
饥饿，让天空的云也忧伤
您带领稻子们头顶炽烈的太阳
脚踩泥泞的稻田，水流与膝盖平齐

要在水下的泥泞里扎下根

立不住根的事物，成不了大事

当好一粒稻子的父亲

还要狠下心来，与亲情断舍离

守旧和溺爱的孩子，长不到伟大的明天

剔除亲本体内迂腐的基因

"亲本干净了，种子自然就干净了"

子孙的生命，一代比一代蓬勃

三

您整日整夜地用心血和汗水

浇灌它们一块田一块田地长大

繁衍稻子的子嗣。您给它们起了

洁白馨香的乳名——大米粒儿

又起了堂堂正正的大名——

中国粮食

打败饥荒

只有用粮食做武器

您用人与自然交融的父爱

让一粒稻子

变成数百万粒稻子

战胜一片饥荒和另一片饥荒

让一株稻子

树起 960 万平方公里的尊严
您养活了一个饥饿的时代
也拯救了炎黄土地上高贵的灵魂

试验田里，您试验的
是一粒杂交水稻孕育的过程
完成的是人类从饥饿到富庶的过程
民以食为天，食为民代言
一粒稻子饱满、丰收起来的尊严
等于一个民族复兴起来的荣耀

四

您垂下满面笑容
迎接一批比一批增产的强壮子孙
汗水，滋养它们风吹雨打的稻香
心血，灌注它们柔中带刚的脊梁
越是沉甸甸，越谦卑地低下头
越是金灿灿，越收割自己的光芒

您用一个人的辽阔
拓展一块块稻田的辽阔
您用自己的生命
兑换一茬茬稻子的生命
您用递减的人生归途
递增每一粒稻子的高度

五

您带领一群稻子
奋斗出人类之外的高度
那高度，在碗里，在咀嚼里
在心坎上，在大地上，在天空上
您回归大自然的一瞬间
夜空亮起第 8117 颗行星

耀眼的星光，穿透暗夜
像悬在空中的稻田的守望者
不让一粒稻子误入悬崖
一闪一闪的光，在告诉人们——
好好吃饭，人间永不再闹饥荒

六

水稻之父，化成一颗永恒的行星
所有的稻子和食稻米的人
捧着珍珠般晶莹的灵魂
跪拜田埂之上，与那颗最亮的星
彻夜长谈——

您在星空讲述稻子的故事
稻子们，在炊烟里讲述父亲的高度

王 彬

在一片稻田里诗意地栖居（组诗）

沿着金色田垄，深入故园腹地

成熟的稻子星光熠熠

九万里长风，镰刀起舞

在一片稻田里诗意地栖居

歌唱秋天，父亲的额头金黄

风中稻香留给世间气息，温暖

在广袤大地，每一束稻穗都是幸福

落在地上的米粒演化成汉字

秋天的村庄富可敌国

九月的稻田遍地金黄

是粮食的力量，盛大的光明

六月的隐喻

六月将尽未尽，蝉声灌满乡村和田野

豆苗稀，麦秸编织的草帽被父亲挂在墙上

庄稼活在土里，思念掏空了身体

我在城里想起故乡

一只护院的犬踩痛了细碎的阳光

芦花在思绪里摇曳，灵魂抵达现场

月亮泡在酒里，一把镰刀解锁粮食的密码

草木的隐喻，阳光铿锵

回家的稻子

九月之光越过高空

谁将引导我们穿越无垠的天空

当蒲公英开满家园

气息如此温暖，一碗热汤面

足以感动一颗流浪的心

一株风里摇曳的狗尾草满身隐喻

沾水的镰刀收走父亲守候的稻田

奔走的风骄傲地前来谱写天空

牵情的手推开虚掩的门

大地伸出手臂，河流汇合、拥抱、奔跑

目光穿透日月光辉

回家的稻谷，每一粒都是荡漾在春天的微笑

胡　伟

您走后，所有的稻谷成了孤儿

一

多少年来
所有的稻谷习惯了有您
大地习惯了有您
我们都习惯了有您

我们早已忘记
您，也是大地的儿子
迟早会回归大地
这些年，大地和我们
都已习惯了，向您索取

二

五月一声惊雷
大地接回了
他劳累一生的儿子
不知所措的稻谷

在五月的风中沉默不语
她们低垂头颅
凝望深情的土地
那是您安息的地方
她们担心，地面之下
是不是太过寒凉
当夏风吹过稻田
眼底辽阔的全是无法言说的忧伤

三

五月的槐花儿初吐芬芳
我刚闻到迷人的花香
稻谷还未成熟
我刚看到秋天沉甸甸的收获

这些年，听惯了不见雨点的雷声
从头顶一次次轰鸣而过
尘世失去了所有的警惕
那一天
我以为只是一声惊雷

午休的大地沉沉睡去的时候
您奔赴远方
带着禾下乘凉梦

那一天

每一个稻穗都低下了头颅

所有的稻谷成了孤儿

四

这个清晨

急促的鸟鸣将夜幕早早拉开

我站在田垄上望您

一望无际的稻田里

每一株稻谷都是您的影子

湿漉漉的稻穗低头哀思

彻夜未眠啊

眼里噙满隐忍已久的泪滴

起风了，稻浪翻腾

这是您舍不得孩子们啦

您一定记挂着她们的成长

记挂着她们减贫共富的责任担当

您安息吧

田垄不会荒芜

孩子们交由我们培育成长

王唐银

一粒粮食的幸福（外二首）

一株禾苗，能抵达的秋天

比一个人的目光，还要深邃

一块试验田，种下的梦

在他一遍遍走过的地方，生根，发芽

直到见证，内心的金黄

把一个人一生的足迹加起来，慢慢地

就成为秋天沉甸甸的稻穗

他生命里的种子，聚集在温暖的大地上

只为证明，幸福的另一种高度

——向一粒粮食致敬吧

秋天的相思，已经泛黄

这位一直追逐阳光的老人，早已把一生的爱

寄存在这无尽的一山一水间

他走了。他的粮食，温暖，禾下乘凉梦

答案，留在春天婉约的门楣上

他是懂得感恩的人，懂得一粒粮食的幸福

坚韧而又朴素

他让一个梦，持续验证光芒

米

稻米与生活的幸福，只有一种方式
能抵达永恒
那粒玉质一般的稻米，呼吸匀称
此刻它正从秋天的梦中醒来
阳光注意到了它，一位老人注意到了它
它通透的胎体，宁静而神秘
那种静谧，又像培植皿里蜕变的胚芽
温润、细腻、沁人心脾
它在老人一双手中，慢慢地开启梦之门
那么幼小，又那么执着
几乎能穿透那些茂盛而挑剔的目光
盐碱地，海水稻，被一一提上丰收的日程
从泥土到泥土，一个定格的身影
用尽了人间的赞美
他就是稻浪里，最高的谷穗，灌浆的种子
只为大地母亲
低头

田间往事

他需要坚强得像一棵褪去落叶的树
用赤裸的身躯
对抗另一场风雪

但风还在吹，吹过湖南、海南，吹过大江南北

昨天，试验田里的很多稻花都开了

这个时候，他感觉自己小小的花期

凸显出星光一样的闪耀

他守护这一亩薄田

每株禾苗，每朵稻花，都是他年轻的孩子

他有一条曾经熟悉的路

现在，成了连接小康与幸福温暖的线

他年复一年，坚持叩响春天的门

在他走后的第一个秋天，那块试验田

已经有了阳光般崭新的经验，那些金黄的稻穗

一浪一浪，俯下去，又直起身来

无数的语言，像风

指向同一个父亲

苍老而又无所畏惧

张可昕

三棵稻子

做一棵稻子

我要在干净的阳光下，做一棵朴实的稻子
聆听风儿动人的口哨，锁住季节的路径去奔跑
那些迟疑的还有懒惰的都在枯萎
闪光的只有勤劳

我要做一棵稻子，一棵谦虚的稻子
一半是用力向上的愿望，一半是低头沉思的态度
从不退缩也不悲伤

不去炫耀自己
哪怕日子给我以掌声，哪怕世界站起给我敬礼
也不在意麻雀的肆无忌惮，还有稗子的嘲笑
把这些打扰努力屏蔽

若我能长成一棵稻子
有着悲悯的胸怀和坦荡的灵魂
守着岁月轮回的寂寞，等阳光和清风唤醒我的意识

等一位老人，在耳边谆谆教导

我不仰头对天空高歌
也不在日月的庇护下招摇
那不是我的目的
我只想虔诚地把头低向土地
用一颗慈悲的心，为生命祈祷

记住一棵稻子

一束束的阳光
一阵阵的清风
在规规矩矩的稻田里漾出一片蛙鸣

初夏
禾苗长出抽穗的快乐
天空打开清澈的眼眸
这个万物活跃的季节
您却赴了天空之约
让世界的日历折了一角，有了清晰的伤痕
无论黄皮肤、白皮肤，还是黑皮肤
这一天，同时发出一声悲叹

大地摇了摇，抖动悲痛
云朵长成稻穗，迎您重回仙班

神农最终归位

执着的鸟鸣和无私的阳光
一次次搜寻
一次次呼喊
一次次回顾
可明明您的足迹还温热在田间
正发出坚定的跫音
身影却消失在稻海，只留下一片青绿的回声

土地把您的名字深刻在腠理之中
一遍遍犁种
"袁隆平"三个字像稻子一样抽穗
那些动人的诗
已经长起一片
在每个季节里不停歇地歌颂
人们终于明白
有时，忘记比记住更难

成为一棵稻子

季节没有到期，田里悄然发生着改变
黑蟋蟀在阳光下整理翅膀，歌喉有些沙哑
红蚂蚱养得很肥，卧在田埂的草丛里发呆
它们有些慵懒，日子开始变短

只有稻子，擎着一束金黄

一粒粒鼓动着希望

它把成熟放进日程

等待时间让一切变得饱满

等一个被收割的日子和一把勤劳的镰刀

大地扯开一张金黄的网，拦住饥饿的过往

阳光下晒开一穗穗幸福

风变得谨慎大度

时时过来看看

一位老人在田埂上停下脚步俯视

像是对孩子一样地嘱托

好好长，多打粮，还有人吃不饱

稻子听懂了，点点头

给出一个郑重的承诺

于是，世界微笑着擎起一枚勋章

从词语到土地再到粮食

——兼致袁隆平先生

我把一片树叶沿着脉络的走向

折叠成一艘航船

我在落日的黄昏抓起一把泥土

把泥土连同春夏秋冬的风声打包

咯吱一声摁在船舱里

我不准备在夜晚和大海说话

我知道那些泥土会在行进中受孕

我在波浪的律动里支棱起耳朵

我听到了阳光在童年翻动书页的声响

我跪在甲板上迎迓着海风

我默念着一个词语，眼里闪着泪花

这一刻我感觉我已经是一截老榆木

在洇湿而皲裂的树皮上长出了无数朵木耳

我不说我已经慢慢变老了

在这片土地之上

我老不过一阕宋词或一首唐诗

我也不说我有什么资历或者阅历

在一块合着眼睛的石头面前

我说什么都是自高自大

从大海到土地，从土地到大海

我的年轮就像一层层树皮

在祖国的怀抱里脱下一件件内衣

我老不过土地的黄和黑

我老不过一截树木的皱纹

在春天的花丛里

我只不过是一滴露水

在夏天的溽热里

我赶不上一股凉风

在秋天的收获里

我是一声尖厉的蝉鸣

在隆冬的风雪里

我就是漫天飞舞的那朵雪花

我再老也离不开这片土地啦

我就是这土地上的一个词语

从这里落下来又蹦到了那里

赵剑颖

金黄的颂词，在稻子内部传扬

你的腰杆本来很直

为了饥饿的人类，一再弯曲

你的双脚本可以洗干净，却选择与泥土水乳交融

你说，站在低处，心里踏实

水田育出禾苗，禾苗在风中抽穗扬花

稻子起伏心意，摇摆忠诚

封你为田畴上穿着布衣的土将军

你佩戴着天地赐予的劳动英雄徽章

人世间，这是最好的褒奖

季节轮转，稼禾葱郁

柔嫩到刚强，只是转眼

稻谷带着芒刺的外稃，裹紧粒粒珍珠

抓住时光瘦瘪的手指，拥紧一场生命之旅

你与它们一样，一生的壮举

是响亮地终结了几代人饥饿的梦魇

秋天，稻子把自己染成

与泥土一样的颜色，与你的肌肤

同样的质感，你与它们，如此相似

青绿时稳扎深根，高昂头颅

成熟后，不忘以九十度的深鞠躬

向大地致谢，我们在庆贺饱满的收获

你继续思考着，科学之上的超越

没有止境的经验与实践

你累了，枕着山河睡去

枕边裤管装着祖国的泥土，身披清澈的风和

朴素的禾草香气。睡吧，先生！

我们众口沉默，记忆温暖

高天蔚蓝，流云与月光退隐

星空为你加冕，一穗穗稻子垂首列队

金黄的颂词，在颗粒内部和人民的心里传扬

秦　强

稻子熟了（外一首）

稻子熟了，弯着腰
秋天就高出一截
秋天行走在镰刀的锋刃上
大地就多了一份温暖

稻子熟了，秋风开始唱歌
秋风伸出手
稻子就一排排向远方敬礼
远方再远，依然有稻香

我看见父亲站在稻田里
像一阕农谚
站在泛黄的日历上
父亲背着手，季节就慢慢转过身
父亲弯下腰，日子就悄悄抬起头

稻子熟了
乡下的路也开始沉甸甸的
每一穗稻谷都要找到属于自己的车辙

那些向往天堂的稻粒

都要顺着一双双粗糙的手

还俗，并学会感恩

矮下去

我矮下去

就慢慢看见，水稻里

长着高粱的梦

稻浪一层层遮住天空

有人在编织透明的童话

有人在稻秧下乘凉

我矮下去

就贴紧大地呼吸

泥土掺杂稻子的香气

稻子在微风里摇晃自己

六月的稻田

是森林的雏形

我矮下去

就能看见种子、秧苗、蜻蜓

看见低处的繁殖与生长

那些细碎的幸福

沿着田埂奔跑

踩疼稻穗拔节的声音

我矮下去
稻子就辽远起来
铺开一层层丰收的网
由绿到黄，起伏在父亲的目光里
稻粒们排着长队，一脚一脚
走进秋天

侯瑞文

袁隆平，阳光下扩大的慈善（组诗）

海　城

记得你身影的土地

藏有你的梦

阳光下扩大的慈善

有你的慈善

在你弯下的背上

描画一位透明的大地赤子

骨血里绵长的深情

记得你面容的碧水

藏有你的呼吸

你的心跳

将你素朴的形象刻成雕塑

水上的天空

仁爱乘上云影

追踪田畦上微风的低语

和你浸入泥土的脚步

你的目光始终是向下的
直通众生的胸口

每一粒爆绽的种子记得你
每一株向善的稻菽记得你
每一串日与夜的汗珠记得你
而你，唯独忘记了自己
就像风雨中的斗笠
隐入金黄的稻浪
拥你眠于安宁的大地

考　试

多少年，分针不停地游走
你以整个生命
通过了一次次命运的小考
多少年，时针冲刺
你在一次次饱含心血的试验田里
完成了孤寂的人生大考
你以最后一日绚幻的霞光
赋予每一株神佑的稻穗
人民的称谓
而你
最终成了守护祖国的稻草人

你身上的稻香

世有良田

你身上的稻香

在你和小动物走过的乡间小径上

像童年，去牵妈妈的旧衣襟

并告慰着苍空

每一块朝向太阳的稻田均属于人类

宗小白

一粒种子（外一首）

一粒种子，落于尘土

谁拾起它

谁轻轻吹净它

谁扬起梿枷拍打它

又用谷仓堆满它

谁用祖先的青瓷碗

端捧它

在热气蒸腾中分辨它

糯稻、粳稻、籼稻，黏者为稻，不黏者为粳……

谁低低吹拂它

谁重重践踏它

谁用稗草驱逐它

谁行迈靡靡，在《诗经》里为它忧心

谁回到地母中，用身体骨骼还原它

谁用泪水灌注它

谁浸透它、蒸熟它、提纯它

谁为它大醉

谁又叫醒它

谁用锣鼓铙钹为它舞，为它歌

谁用泥豕花鸭唼喋它

谁用一茬茬秸秆挽留它

谁让白鹭上下蹁跹，落日下

炊烟一遍遍重构它

谁轻轻铺开天空的纸页

为它写下："国""家"……

一粒种子

一粒种子，在稻田里轻轻扬起花粉

只有被风经历过的事物会停下来

和它讨论

一粒种子，自雪中辨认出自己后

便将河水看得如同昨日迂缓

水中的天空被飞鸟一再推远至无所有

一粒种子，深埋起世界的感受

但它知道地力

肥沃如受孕的母亲

阳光煦暖，于洽切之处绽放花树

雏鸭抖干蓬羽，小花狗肚腹浑圆

深褐色地块被机械耕翻后

会叫醒熟睡千年的泥土

一粒种子，远望农人沿着青青田埂

将新式三轮摩托拐入他们正在进行的生活

一条林荫小路上时时颤动的枝叶

将鸟鸣变得清晰可见

较之被时间取走的一切

大片待收割的田畴

拥有更多让人无法

不去触摸、掂量、承担的真实感

一粒种子无法忽略这种真实感

也无法不将之理解成

自己应有的一部分

鼓励奖

张金余

东北方向制造的纯黑土息壤（外六首）

东北方向制造的纯黑土息壤

追了千百年，又追了亿万年，还没有探到深度
这万丈的黑色深渊
吸引一季季落叶种子、羽毛杂草、灰烬泥炭
铺垫成让无形的希望都会沉陷的息壤
神话重新演绎，在永恒的东北方向

被称为祖先的一群，或耕或翻或蹚或铲
从不抬头看天，或躬或俯或蹲或卧
他们黑眼珠黑胡须黑脸庞，与黑壤融为一体
试图从极深处，把生存一点一点
抠得更形象生动、更悲悯

被叫作父辈的一群，稍稍直了直腰
在天气好，无风无霾时，偶尔抬抬头
习惯了踩在黑土上，泥自趾缝中滋出来
陷了一代人又一代人的喜怒哀乐

我站在他们身旁，想把自己化成亿万吨的一部分

农民力量：赤手赤脚

本来这是群像，在大地上裸呈，赤手赤脚
此刻，在一个叫夸父的人身上
我窥见了集体的共性和弱点
那是一种最初的冲动，对太阳的疯狂崇拜

而他创造奇迹时脚踏大地
灰尘溅起又落下，脚印就被埋成了化石
一些石头粉碎成黑土，一些被削出锋芒
刺出了土地，带着淋漓的血，被称为萌芽或生长

每一个追逐者都是一身古铜
他们抱在一起抵抗寒冷或炎热，度过饥饿或丰裕
也在白天时四散向山野与林莽
每当阳光被吞噬，他们就昂起发热的额头
叩向大地

有一种活法叫打井回乡

成全一个成语难吗？他们说只要你离开
而重造一个成语难吗？他们说勇敢地回来
这一来一回，念头都没能跟上脚步

那阵仗，像极了解甲归田的将军

每次跋涉的尽头都有一个原乡
它宏大的肉身，像路标一样伫立在井口
你的眼，睁或闭，都不能摧毁它
在井口以下有多深邃的空间
是你从生到亡都不能探知的

那不是一片空地，空地怎么会有高温
它熔炼时，会将你身体的杂质
悲伤、孤独、疼痛、焦躁、忏悔挤出来
叮叮当当地坠一地
链接出一串桃源的暗码

机械为土地赋能

一个时代折叠一个时代，所有的痕迹
或许残留金色的光泽，可是
田畦有了新的彩礼和嫁妆
粮食模糊了季节，蔬果穿越了时间

拖拉机手翻箱倒柜，找出一张大红奖状
他乍现的神采，暴露了他的不舍
这不是比拼胜负的疆场
在垄畔，钢铁都会有柔软的内心

土地的奖励换了，感言也变了
在无人的驾驶室里，机械是唯一的主人
钢铁的身躯操纵一切，日落后，夜白如昼
耕作是唯一永不停歇的趋势
也有了不朽的味道

黑铁犁铧的炙热肉身

犁铧锃亮，金属与肉体高速磨擦后会更刺眼
那是它的禀赋，让历史都无法扭转的性格
唯一形状是千百年的规制，在范铸后定格
它们擅长集体出行，比军队还整齐划一

在每一次力或念的牵引下，将节气分得一清二楚
像一次出征的战歌，我跟随在它身后
企图长出同样的基因和棱角
那种瞬间融合的状态，竟有大地的诗意和畅想

它们排着队亲吻黑土，有一丝蛮荒的气息
亦有太阳一样的热度，只是它凝在土壤深处
偶有一丝散露，让枯萎有了重生的勇气

旱季时根有多深就有多壮

我想象被栽种的部分，被深埋的部分
等待是一种奢侈，也是明晃晃的
在天是气象万千，在地是峥嵘壮阔
在身上最宽的地方，凿出道路
让一支军队通过，哪怕不能衣锦还乡

我还想到了沸腾远去的迹象
在农人朴素的表情上，看到一种执拗
它们自称信仰，一种根的内核
它有多长呢，从旱季到眼泪的距离

没有一条根是静止的，轮回都不能左右
像湿度、空气、阳光，都跳出了名词的定义
灵活、流动，怪异得像一辈辈的嘱托
在农是薪，在匠是星火，在野是燎原

贺同祥

一株水稻的姿态

要落，也要落入母亲般的土地
以百年为纪，发芽、成禾、成树
成天下之佑荫

要躬下身子
吻一吻大地的贫瘠与丰饶
吻一吻忠骨与饿毙的流民
吻一吻所有挺身而出的种子

须立志
为沃野铺一席无垠的绿锦
为帆船翻涌起金色波浪
为一群群鸽子
叠辽阔的天

抑或做个微如谷粒的臣民——
饱满，有志向
"扶广厦于危倾，疏洄泽之地。"

"在黄如皮肤的疆域，长细如萤火的花朵。"

在袅袅炊烟之后
捧出一碗碗白米饭
这人间
便有了站立的傲骨
也有了卧伏的酣眠

孟甲龙

悼词：一生如禾（组诗）

> 您将一生奉献给土地，奉献给他人，为了禾下乘凉梦，穷
> 尽一生心血，温饱人间。
>
> ——题记

禾下乘凉梦

盛夏带走了一根禾苗的姓名
关于怀念的词语，显得很单调、朴素
小草从大地探出身子，鲜嫩的姿态
像是送别您的动作，人们十里相送
喊着那句——袁爷爷，走好

我知道，您已经回到了阳光
回到了禾下，重复生前的足迹
宛如春天的一缕光
将最后一片黑暗照亮，再穿过人间
用稻香填满
被闪电镂空的灵魂

今夜，我再次回归土地
迎着星辰和月亮，伸手抓住萤火虫
点亮内心沉默已久的声音
没有人不知道您的名字，是您让春天永驻
伸展的信仰，比爱戴您还轻

今夜，我放下输赢
让时间缓慢一些，放下一切抒情
只为一句悼词
能配得上您的辽阔

悼词：永恒与守候

一生太短，以至于我没有机会遇见您
只能借用蝴蝶般的颜色
把怀念的汉字，从白纸上挤出来
沾满夏天的泪水，而慈悲的落款
必定和米粒相似

不敢想起您，那一脸善良的愿景
是任何语言都无法勾兑的黎明
不敢想起您，我怕微颤的双手，举不起落日
为您的归途，增加一份亮度

盛夏虚掩着疼痛的底线

崩裂的呼唤，为您润湿一株禾苗

众人燃烧的明灯

已包含所有生计的隐喻

生命的轮回，透支着明天和遥远

您像一场梦，暂停后又腾出空间，为禾苗

待光阴退潮，您又拾起黄金时代

泥沼掩盖着米香，功成而身未退

您用一生梳理稻穗，接纳风霜

一碗粥就是一个时代，把温饱留给世界

把倦意留给自己

归去，亦是风景

袁爷爷，您走了，像一道风景

诗人为夏天招安，深藏于季节褶皱的修行

是口碑，也是被爱延伸的忠诚

统统为您铺垫归途

为您诉说土地下根须的长势

就像告诉父亲一样

鲜花枯萎，也是在为您送别

袁爷爷，您用一生培育禾苗

为天下苍生带来福祉，土地没有破绽

稻米是乡愁的雏形，我不敢否认
自己多么幸运，生在有您的时代
土地把您的伟绩和功德
滋养在穹顶之下，等白鸽认领
唯一且清澈的仁者之心

夜越来越深，泪水仍在流淌
写下的每个汉字，都迸发出弦外之音
像是在替我悼念，替我坚守

想念，不带任何偏见，哪怕只有一粒米
也足以证明，您是一位插秧人

唐席嬿

有一个村庄和我有关

一碗米饭

碗底可以是一坨冻猪油，舀一勺热腾腾的米饭
酱油瓶微倾，筷子搅拌
用勺子舀着送进嘴里
可以就着一碟上海青、二两梅菜扣肉
或者做成豆花饭、鸡汤泡饭
小火慢炖，熬一碗皮蛋瘦肉粥

从一碗米饭里
我听到远古的镰声、舀米声
雨滴落在稻穗上的声音

我慢慢咀嚼
想它的前世今生、今生前世

我至今尚未读懂庄稼人的指纹

王伟卫

每粒谷种，端住一颗饱满的良心
——致袁隆平院士

布谷鸟不停叫唤

土地一日比一日肥沃

该播种了。大地上忙碌的人群

因为曾经的饥饿，郑重感恩

他们捧着万家灯火的脸庞

散开饭米香

每粒谷种

端住一颗饱满的良心

二十四节气的躯干上，发芽、拔节、抽穗

引来春风小驻，也有寒霜抖落

想和你一起点燃灶火

填平腹中的川壑

十四亿人的肚皮，是多么大的容器

装着天南地北的辽阔

装着三百六十五天，一日三餐的劳顿

一副碗筷，测算了几个年代

驯化一株稻穗
从研究所到试验田的逼仄
比同人类探索星辰
青春矢志到老骥伏枥
青山和稻田搁在肩头
取出一粒粒金黄，给养四季

搁在肩头的
还有你心爱的小提琴
一首杂交水稻进行曲
成为大地的经典
粮仓丰盈时
你却攀上人间炊烟
走进天堂的稻田
还是农民，挂着勋章

叶枫林

粮食是一场永远的旅程
——献给袁隆平院士

一

长长久久的旅程

有一双鞋带是红色的

身旁有良田啊

日出日落都被它编入韵脚

母语系住稻穗，稻穗系住弯弓的人

晚风中捡拾泥土制造的万亩寂静

你观风也听雨

衷肠里有明月在场，黎明肚白

许多熟悉的金黄让九月灌注一道彩虹

这背朝黄土的地方

是作物用眼光咬紧他的支撑

田野发放朝向雨露的晨曦和夕光

风雨再大也阻止不了

他向良田扎下腰身

二

越被遗忘的地方
越有一道飞蝶题写的曲线
你看，苦菜咽着岁月
通往故园的小路常常有麻雀聚集
低处有人家啊，低处有喊破嗓子的芒种
埂间遇见风在白天堆砌怀念
抓不住的温柔都给了粮食的须

稻花飘荡，这春风和秋风的地盘
你的只言片语足够喂养我对食物的忠贞
一道乡间剪影
让碗里颗粒重现饱满的筝曲

剪不断的还是
一墨山水藏着一篇天地的巨作
四处葱郁时你让秋天回到人体艺术
用肝胆照亮肠胃蠕动的苦汁

东风再寄一封书信的时候
用来担水的木桶却悬在心中
袁老，什么样的路途被清晨的露水沾染
一条笔直的路总遇见你的农业物语
一首诗秘密的地方摆放着没有句号的身影

你瞅见秋窗侧面

低矮的暗香种下升高的腔调

一把锄头的风向标和滚过山坡的镰刀相见

锁紧粮食吹拂的喜悦

三

野兔的揣摩让一根叫喊的针惊醒一株墙角的车前草

在孩子们的传说中

为脚步丈量夏蝉胸衣的是一对露水的托盘

端上河流的根，系住被炊烟赶出的暮色

农业，谷物的歇息之地

嵌满铅笔描绘的彩色天空

一个躬耕的人将泥土重新披上鸟鸣的外套

这里尽是乡愁

一场风抬起一场风

一湾水抬起一湾水

枝丫弯腰默写菜肴里的水

爱情松开的意象缴获一块稻花糖

你的故事正运行众多星星的气息

你的头发，一个梦的大地

保留田地纵横的旅程

像挂着积雪深处待涨的春风

陈章泉

稻子来信（外一首）

陪着我们走的那个人
这次真的走了
离秋天还有几场雨水
几万亩暖阳
但是他走了，他本来还可以
听听稻穗上
叮叮当当的，月光

世界抖了一下
他疼过万遍的泥土
覆盖了他对泥土的不舍
多么璀璨的一生
水稻，年复一年的金黄

他是农民，他所求不多
地球这张餐桌，他心怀忧虑
他怕怠慢了大家
无论你是黄种人、白种人，还是黑种人、棕种人
怕有谁吃不饱喝不尽兴

他说他就是个管家

惦记的是粮仓实不实

纠结的是人心空不空

70亿人的这个家

到底还剩，几颗籽

他走了，越走越远

晚霞起处，金碧辉煌

长江、波河、尼罗河、密西西比河的岸边

水稻扬花，水稻的视线

一直在，起伏着不安

它们在等，等他按时，回家

庄　稼

庄稼不对我们说长道短

当庄稼吸饱了雨水，沐浴了阳光

便噌噌噌，鼓足了劲往上长

一茬连着一茬

让果子金黄或者绯红

在原野

芳香的气息四处弥漫，幸福无处不在

我们喜欢对庄稼评头论足

喜欢言说天气的好坏

喜欢埋怨、指责、歌颂

言不由衷参与歉收或者丰产的争论

在庄稼被秋风吹弯了腰身的时候

我们昂着头

在风声里说

"看啊，我们的田野"

而庄稼三缄其口

静静等待命中注定的

收割之声

曹 兵

大地上的事物（组诗）

大地上的事物

仿佛，抒情不可取
大地之上，万物郁郁葱葱
赞颂过一株麦子的人，也赞颂过一株稻子
在另一种庄稼地里
铲除杂草的人，也竭力在稻田里
驱除着稗子

万物有灵，活着的人跋山涉水
正在寻找让一株稻子爱上另一株稻子
让古老的种子焕发出生机
这并不是电影镜头
是穿越世纪的命题

痴迷于事物本身，让男人爱上女人
让花粉恋上另一种花粉，好运气是一种色彩的开头
一个名字是一种事物的代表

万物分类，在如风卷砾石前行的人类长河中

大地带走黄土和沙子

大地也生产黄金，我们轻唤一个名字

一株稻子就要结穗

我们喊出一个名字

一茬的稻子开始飘着米的香气

而我始终压住心底的三个汉字

生怕风就要吹过来

而你，听不见

记忆的河流

谁的身体里没有一条河流

那些从少年走向中年，而后老年的河流

需要积攒多少水分

才不会干涸

大雨滂沱的夜里，有人在灯光下清点着雨水

仿佛记忆的闸门已开启

饥饿的叶子漂浮在胃中

讲述从榆钱或一把野菜中开始

雨点声声

仿佛讲述的重锤落在庄稼上

那些故事并没有过期

像是在用隐喻暗示着什么

稻谷是最后的火炬

一个遥远的名字最后出场

而大幕才刚刚拉开

在一个老去的河流里

饥饿的泡沫在消失

但谁能挖掘出另一条河流

和另一个老人的故事

这是乡下的夜

落下的星星在等着月亮

和月亮下含着深情的稻子地

一粒米的陨落

一粒米掉在地上

像一粒稻子从枝头掉落大地一样

而这次我说陨落

给一粒米不同的意义

一粒米的陨落和一则新闻的播出同时发生

我又正好目睹了

这丝毫不差的一幕

一粒米也要送别一个活成稻子的人
它白莹、剔透，多像一个人的一生
而这种比喻无效

另一些米进入了肠道
仿佛是在完成一个人的心愿
我没有提他的名字
那刻在天下稻谷上的名字

我只看到一粒米的陨落
它是一粒米在此时
唯一能表达的词

陈曼远

乡村笔记（组诗）

谷　地

那些稻穗依然弯着腰

只有交出果实，才能问心无愧

它们决定坚持到最后

而被剃度过的稻田

露出胡碴一样齐整的稻秆

泥鳅在下面翻身，冒出的水泡

让我想象它们有食指大小

就因这瞬间的走神，我踩空了田埂

秋风递来打谷机的声响

我心匍匐，不为朝圣

只为聆听这万籁之音

村　庄

所有的道路都成为晒谷场

路过时我小心翼翼

生怕踩疼这满地的黄金

斜靠在墙角的竹匾里

焯过水的面豆和长豇豆

直接通向下一个季节的三餐

谁家新晒的番薯干这么诱人

真想拿一片解嘴馋

请你一定不要告诉她

乡村人家

暮色吞没了河岸

村庄的故事变得隐约

阁楼的木窗透出灯火

谁家的女人，还在灯下忙碌

她收拾好碗碟

开始搓洗孩子们的衣裳

荷锄晚归的男人

怀揣这温暖的画面

抵御渐次袭来的寒风

陆大庆

一粒米的白，是袁隆平的白

一粒米的白，是袁隆平的白

白得不能再白，白得像太阳的光

饱和着天下苍生的希望

一粒米的体验，是整个天下的体验

这体验是大任，大任天注定

担在了袁隆平的身上

一个黄帝的子孙，怀揣食为天的要义

用一辈子，追赶太阳的光芒

做一粒米的凡事，爬沟爬坎在世纪的风尘

白得不能再白了，一粒米的白

是袁隆平的白，是清风中的白

太阳的金黄，他炼成一粒米的盛装

月亮的银白，他凝成一粒米的昂扬

一粒米的纯正，是天下苍生的纯正

袁隆平，一生一世，一心一意地印证

隼，在空中，长时间稳定地悬停

袁隆平，在苍茫的大地，笃定前行

他摘下万千星星，集结万千稻米的翻滚

他只管以一滴水珠的平凡

饱满一粒米的担当

饱满天下人，对生命饱满的渴望

许多白昼，许多夜晚

沉默如许的高山和平原

轻轻唱起袁隆平的一粒米之歌

一粒米之歌，就是大白天下的歌

一粒米的白，就是满眼天下的白

白了，好画生命的画卷

隼，在空中，一直稳定地悬停

隼已携手袁隆平，翱翔在天庭

天长地久地望，泪眼婆娑地望

望一粒米的白，白满禾下乘凉

白满太阳、星星、月亮，白满人类的梦乡

蒙占刚

以共和国的指针，在谷粒中浆洗一棵植株雄性的灵魂（组诗）

躺下身子，向稻香晕染的大地

1930 年 9 月 7 日，2021 年 5 月 22 日

两个日子终于完成杂交，重合为一粒稻谷

两个时刻延伸为一粒雄性稻谷生命的两极

密密麻麻的子午线如万缕情丝

不停地向上向下扎根、发芽

直至撑起九十一个春秋之梦的饱满与金黄

这饱满，由婴儿的啼哭、青春、家国及其

岁月的苦难与温饱构成

这金黄里的勋章、笔迹和足迹

从北疆到海南，从实验室到西陲盐碱

以万顷稻香

在九百六十万平方公里的土地上

剖开岁月沧桑，喂养曾饥肠辘辘的历史和人民

也喂养一种持续成长的思念

如今你躺下的身体里的疲惫

开始翻江倒海。你只将一个名字

在如诗如画的土地上

在一首江南儿歌里

由金黄睡为嫩绿，由嫩绿睡为金黄

高山一直在脚下

袁隆平，汉字的笔画隆起一座

令人仰止的高山。历史凝重饱满的书写

墨迹未干

勤朴的人民雄居于此

年轻的祖国雄居于此

伟岸的民族雄居于此

而你和稷神，同为谷物的父亲

你从他手中接过的那束野稗上

滴落时间带着咸味的露水

你却更关注它的性别、重量和花冠

湘西优 900、威优 49，杂交水稻的名字

父亲取给孩子的名字里，沉甸甸的

是转不了基因的爱与乡愁

那些在时代的洪流中

遗失的孩子，幸存的孩子

它们在老茧的手指间向你致敬、微笑

它们在收获的季节里，在持续的季风里

摇晃身姿，低垂一种

谷物对泥土的感恩和水田、盐碱地

对一座山的敬仰

回首母亲、故乡和子午线

你利用毕生闲暇写给母亲唯一的书信

至今仍籽粒饱满

在时间的尽头，泛起淡淡的金黄

你将自己比作稻谷，你提起孟德尔、摩尔根和尼采

可令你魂牵梦萦的却是安江

那个梦想的种子萌芽破土的地方

稻芒划过手掌，留下失去母亲的痛

你将歉疚连同安江百姓的目光

一齐压进稻垛，植入正午时分

新一茬毕剥作响的稻浪里

在旧城市间颠沛流离的你

在学术会上谈笑风生的你

在实验室里目光如炬的你

早已将自己委身于一株雄性、野性的稻谷

回首漫长的萌芽期、生长期和成熟期

回首母亲、故乡和子午线

你是以共和国的指针，在一枚谷粒中

反复浆洗一棵植株雄性的灵魂

曹文生

一粒米的光阴书

一

一粒米里，住着一个中国

我在一粒米的肚子里，听见了贫穷的回声

被辽阔的土地收容

那一年的炊烟，被日子饿瘦了

他叫袁隆平，一个清瘦的影子，站在水田里

向节气求救，向种子求救

向那些被水淹没的膝盖求救

他就站在那里，犹如中国的启明星

给你我指明了方向

我想，曾有人流着泪感恩过他

而他却向大地献出他那柔弱的血火

谁会记得，这个人，蹚过北方的黄河

又蹚过南方的楚天

在大海边呼喊过"中国，我爱你"

他无数次用自己的脚步丈量过我们的祖国

为自己，为儿孙，为苍生

在白天，在夜晚，都能看见那个背着人间烟火行走的人
在自己的身体里喂着人间大爱

二

他叫袁隆平，用一粒米的温度去拯救中国
可是谁知道？在那些失眠的夜晚
有多少求食的口，死在了中国饥饿的大地上
为了活着，必须打开中国五千年的精神执念
在水稻的基因上重新布局
新米香，无数的人在祖国的心脏处取暖
读出爱与被爱
我想念他，用一粒米去绑定中国村庄的安宁
任何一种阳光，都无法做到照耀心里的部分
他用五谷丰登的香气，让稻叶上晨露成为一种神圣的意象
他走了，稻田的天塌了
犹如婴儿失陷于母乳，犹如祖国失陷于山河

三

为了获得尊重，中国人躲在禾苗背后
以一种被时间搁浅的方式，钻进稻子的世界里
他高举着中国的目光
向世界证明，东方人与草木的物种渊源
他走时，我对着一粒米痛哭

一万亩稻田哭红了眼睛

它们知道，支撑它们丰满身子的双手走了

稻田少了至亲，它们的失宠，始于它们的丰碑

稻田的丰碑，愿意接受目光的供养

稻田在，他就在

它们怀念一个人行走中国大半的河山

最后成就的稻田之版图

一个人，像一颗流星从天空陨落

像一种辉煌熄灭于此

除了亲人，我从不会对着任何一个人放声痛哭

今天，我哭掉了一生的眼泪

我多想从大地的子宫里，让他复活

让他为我们带来盐分和温饱的显赫

四

他一生都活在求索中

人间一切虚荣的眼光在他的坟前跪拜

他用一顶草帽的方式，踩疼了人间的肋骨

此时，有无数白纸和笔，愿意为他倾出颂词

有无数的人歌颂你

有无数的米粒歌颂你

一株株站在田里的禾苗，为你送葬

它们记得，你匍匐于地，向禾苗鞠躬

你用人间最后的骨头，坚守在乡野

庙堂上的人哭了，他们看见盛开的莲花闭合了

我蹲在江湖的远处

用一粒米，用一滴水的形式

向你致敬

人间的规则，还在祖国的手里

只要我们愿意去叠加阳光

那么，灵魂就不会消亡

我想念那个人

是因为他扶正了整个中国的梦想与良心

中国梦的执念

在一粒米上复活

张增伟

稻花香里说丰年（组诗）

庄稼人

他们是田野上的一群省略号

在烈日下，他们不涂防晒膏，不穿防晒服

顶多戴一顶草帽，脸色与正义挂钩

他们吃土地上种植的食物

春天播种，秋天收割，亲力亲为

他们的双手很粗糙

要比城里的人大上一圈

那双手扶过犁，握着生活的艰辛

抱着夕阳下飘荡的几缕炊烟

双脚是跟随种子一起种植在土地上的

他们一起生根发芽，把土地视为母亲

田野上的庄稼在季节的轮换中经历枯荣的一生

庄稼人也增长了一道年轮

他们如瓜熟蒂落一般坦然面对

来年春风再起，蛰虫从田野里苏醒

庄稼人再度抖擞精神

给去年的旧梦穿上一件新衣

秋天的村庄

此时就连田野上的那株野草

脸上也带着笑容

庄稼人的脚步比平时轻快了许多

他们相互间打着招呼就匆忙而过

整个秋天，村子里都充满了欢声笑语

月光离田野近了

一粒种子完成了自己的使命

镰刀不再仁慈，露出锋利的本色

让颗粒归仓

岁月的钟摆在秋季摆动得更加踏实

一年的果实就像是初恋情人的甜言蜜语

让庄稼人心生欢喜

在乡间小路的尽头，流水回头

昆虫拉长了音阶

放学回家的孩子成为父母身后的影子

在他的身后，则是摇晃着尾巴的看家的老黄狗

只有到晚上的时候，整个村庄才会静下来

比往常更加安静

稻花香里说丰年

今年注定是一个丰收年

那粒饱满的、垂下头的稻谷

再次把自己回归到稻田里

这是一次永久的回归、不回头的回归

他依然戴着草帽、挽着裤腿

瘦弱的身子像是收割后的稻秆

在这个丰收年里

人们对稻花的香味三缄其口

在餐桌上，每一个人都细嚼慢咽

吃掉碗里的最后一粒米饭

那粒稻谷永远长在华夏的稻田里

让稻田在季节的轮回里丰腴自己的身子

那粒稻谷也会给出农谚新的注脚

他的眼睛里只有一株巨大的禾苗

以及在禾苗下乘凉的幸福的人

他的耳朵里也只有一种声音

蛙鸣声与禾苗的拔节声

他用 91 年的时光

写下人间最深沉的爱

傅友福

关于稻香的来龙去脉

一颗来自湖南的种子

一份扎根稻田的雄心

一如既往在大地写诗的农人

有个简单又响亮的名字

袁隆平，用种子的温度

拓宽和延伸一个历久的梦想

当你打着饱嗝的时候

那人执着于稻香的根基

把自己成熟为一颗饱满的种子

有些心事，不必提及

有些言语，永远不会说出口

农人的心思，何曾告诉田野的青蛙

聒噪或者张扬，农人不习惯喧嚣什么

就像扬花的稻穗，让杂草颔首称臣

过程是涅槃，结果会为自己正名

根植于土地的种子

思想集中于内部的酝酿

与流水参谋，和阳光切磋

大地的肌肤里

寻找生存的脉络

一生的过程很短

以呈现完成所有的承诺

你总是低头沉思，用金黄的理念

成熟为一支穿越旷野的火把

像火箭那么脱落，只留下饱满的念想

此时，你是匠人，也是巨人

站立成田野里的珍珠

餐桌上，一曲交响乐正在响起

关于柔嫩，关于充实

关于很多怀念的话题

陈　敏

只留下纯粹的骨头与粉白（三首）

清晰的乡野怒放

老天扒拉日子
禾谷低下头，自顾自地想：黄不黄

旷野里有风有雨，长身体
夏天搂着杨柳腰，喊热
锄头嫌忙，阴雨多草木绿，沟远路深
三五个日子里，手把上有了铁锈色的红

极弱的光芒来自黑暗深处，云也浓雨也骤
不管不顾的小苗头，抓紧了土地的大肚囊
撒出碎银子般的情愫——
一粒一粒，拿出来说话

地洼上林叶旺盛，金色的原野忘记了姓名
东一片西一片，野菊花挤歪了脸，穗子摁住风尾巴跳舞
笑弯了腰，说多少年了，回家——

山雀喳喳叫，黄鼠狼不问节令拜年，花尾巴高过了头
清晰的乡野怒放

干净的粮食回了家

干净的粮食回了家，还有什么
能够站在季节之上

阳光的微粒，总以血液的方式
注入土地

阳光不说话，阳光打着伞遮住冬经过夏
她走过大地不说话
她比诗歌含蓄，比籽种深埋

再没有什么比之虔诚的稻穗金色
我们都是她的子民，有了黄

老人与谷

老人与谷，金银似的光华
像年轻，也像一望无际的好日子

蹦蹦跳跳的日子，又会哭，又会笑

还把苦难相连

丛生的草叶青绿，墙角的蒲公英

努着嘴笑了，淡黄色的花蕊适时出发

福祉就这样降落人间

陈年的苞谷穗红辣椒排好队

和土墙壁肩并肩等风声

待到明春的门槛上，饱满的日子回头

推开了都市的嘈杂声，旷野露出棕褐色肌肤

老人安于泥土深处的走动，手指节粗粝

细数颗粒的时间与渐升的温度

汁水与养分供养了身体

让春天蹚水过河，夏天绿

秋天盈盈肥硕

冬天蜜，神农的瓜果泽被乡梓

谷壳和微尘，也走了出来

她有自己的光彩，快乐地拍手歌唱

把人间灶火再次点燃

——从不埋怨，煎熬的岁月里

只留下纯粹的骨头与粉白

燕 超

稻谷的时光（组诗）

稻谷的时光

他，一辈子以一株稻谷的姿势生长

弯下腰身，十万八千网状的根须深深扎在土地

每一穗稻谷，都摇曳在田野的清香里

千姿百态，金灿灿的饱满润滑

喂肥田间皲裂的饥渴

哪怕，只是拥有一寸贫瘠的泥土

古铜色的叶脉，也要孕育两个梦想

一个是杂交水稻覆盖全球梦

另一个是禾下乘凉梦

逐梦前行，烙印下中国的九十一年时光啊

追寻阳光的头颅，漫过希望的田野

额头纵横沟壑，抽出颗粒饱满的金色稻香

十万颗炫目的太阳

从内心的地带无际升腾

闪烁温暖的光芒

烟火人间。大海碗、小餐桌，盛放的米粒
一粒粒晶莹的玉质，汇聚千顷澄碧
世人手中的筷子、勺子，不再面黄肌瘦、有气无力地吵闹饥荒

舌尖上，幸福生活的滋味
闪电般，轻轻传递
向着山长水阔，乃至更远的地方

晾晒谷物

乡间路边，金黄色的颗粒
一粒粒饱满的收获文字，充斥大地书笺的缝隙

黄澄澄的沙滩，泥土味没有遁去
零落三两片枯草，也没有潮起潮落

我担心，谷物边缘能够盛满雨水的空瓶子
会被冒失的闯入者，譬如家中的孩童碰倒
"咣当"一声，碎片的锋芒刺痛农人的内心

我极力寻找，被遗弃的蓬乱谷堆
栖息着关于童年，不成调的歌谣
双手捧起一碗实实在在的清香诱惑

却不敢踩着细沙状的谷粒，向前迈步
我害怕，会跌落进石碾磨碎的月光中迷失

品一粒稻香

低矮的灌木，深陷泥土的贫瘠与厚重
田垄无际，乳白雾色弥漫掩饰了劳作弯腰的真实

面朝黄土背朝天，二十四节气有足够的容量
盛放杏花雨落、草长莺飞
还有一株稻谷沉甸甸的清香

万亩稻田，寻觅第一瓣盛开的花朵
不是距离太阳最近，而是最先浸透指尖的血汗与温度

太平盛世，每一树繁花、每一粒粮食
都隐藏着一双血脉涌动的手，一处溢满乡愁的美丽村落

韩文友

农场的稻子熟了（组诗）

第一棵稻子

当我们无意中说起"大荒源谷"
那是一粒稻米最卓越的化身
那不过是来自上古的阳光凝聚这粒米中
最干净的眼泪

不知道，那只遍身通红
衔着一株九穗谷物的大鸟
是否真的，曾在肇源的上空飞过

一颗谷粒，御风驾临
那个面目沧桑的人，双手高高捧起
把它种在了这片大地之上

他种下了一棵稻子
也就种下了一座农场
我们也可以这样说，一座农场

是在一棵稻穗上长出来的

不知道，那个在肇源农场
插下第一棵稻苗的人是谁
想必他和神农氏一样
手掌藏满了风云

于千垛万垛稻谷中
于深情辽远的东北平原上
你隐姓埋名，孤独地望着一座农场
仿佛一棵稻子一样

这里有稻田

这里有稻田
六月的风多美好
那些匍匐泥土的爱情
终将落入你的怀抱，你要记得收起我
仅有的慈悲、心跳，满腹的荒凉

这里只有秋天
你款步走来，像我远嫁他乡的姐姐
低首蹙眉，一言不发
宛在水中央

你是我走散多年的亲人
我积蓄了一春八夏的祈愿
只为加持这一刻，与你相逢
领着你，回到我们杂草丛生的院落

稻子熟了

那个把酒壶拴在腰上的人
那个善于观察稻草颜色的人
那个和水打了一辈子交道的人
又喝高了

已经吐过三巡
在田埂上走了一圈又一圈
黎明又起，尘土飞扬
终于隆起了自己的人间烟火

稻子熟了
枯荣与悲喜，还很遥远
一切都来得及，包括等待

稻子熟了
月是一把弯刀
谁的疼痛在秘密呻吟
天底下最鲜艳的部分

在泥土之上
大片大片的殷红

稻子熟了
熟了的稻子变成了米
米变成了粥
如同泥土变成了坟
一片大地和一个像米一样的生命
没有一点缝隙
再也无法分开

杜　雯

手捧稻穗的人
——悼念袁隆平先生

他一定是乘着炊烟走的

携带一缕米香，往更高处去

和白云并肩站在一起

那里，能一眼看到全世界的稻子

长得和高粱一样高

那里，能一眼看到全世界的人民

一起把饭吃饱

那里，能更早接收到天气预报

得知人间有干旱，他就化作甘霖

得知人间有洪涝，他就化作太阳

那里，离我们那么远，又这么近

举目可见，又触不可及

他是袁隆平，是手捧稻穗的人

他时刻捧着人间的丰收、喜悦、平安和希望

他并未离开，他从未离开

他走到哪里，都是走在人民的心里

洪建科

袁隆平，十万水稻喊你的乳名

十万水稻喊你的乳名

喊一个瘦小的老者

似乎前无来者，亘古未闻

但是，小满刚过

裸白的水田不再安静

等待插下去的水稻不再安静

它们集体呼喊

喊出一群白鹭在空中盘旋

苍天在上，大地在下

一个沾满泥浆的乳名

蕴含稻花的乳香

群山无言，田野无声

一生一世都是水稻的姿态

分蘖、拔节、抽穗、扬花、灌浆、成熟

每一个节点都小心翼翼

为每一株水稻把脉

为中国的农业把脉

为几千年的饥饿症把脉

一个执着的粮食守望者

尝到了苦涩与甘甜

至于，杂交与雄性不育系

这些遗传性的词语

挂满闪亮的露水

被中国，乃至世界

煮成一碗白生生的米饭

袁隆平，十万水稻喊你的乳名

喊就喊吧

喊到金秋十月

稻穗下乘凉

你就醒了，大地就安静了

韩彩英

稻田里长出金黄色的勋章

一

那天，天空拥满沉重的云朵
悼念的词发出轰鸣
悲泣的雨压抑不住
黑色的伞开满长长的街

沿途送别的人，高声呼喊
"袁爷爷，一路走好"
车开得很慢
老人安睡于尘世
楼群垂手而立

老人走了
翻滚的稻子，路过的飞鸟
一起发出不舍的声音

老人化身一穗成熟的稻子
以一种谦虚满足的姿态倒下

在这片土地上
划出深深的印记

许多人看到了，看到了
在那庄重的赞词里
长出一枚金黄色的勋章
刻着"袁隆平"的名字

二

田埂间长出一行行脚印
是谁弄响音节
每一株稻子都在聆听

挽起裤脚，按下耕耘的琴键
叮叮咚咚
大地升起一片回应

稻子并不过问日子的长短
只管把脚扎进泥土
有时风雨，有时冰雹，有时土地干裂出呐喊的声音
包括虫子的骚扰，一位老人竖起一面盾牌
让它挺过来

为了一碗米饭

在田埂间

他走过半个世纪

老人说，要禾下乘凉，稻米像花生那么大

那不是梦，有阳光作证

还有一头耕耘的老牛也低头默认

当风吹过稻田

世界终于响起一片掌声

三

土地不敢懈怠

包括种子、秧苗

还有一群抱着梦想的农人

在灵魂深处发痒的饥饿

已泛黄在疮痍的过往

稻子

长出治愈的籽粒

稻田是一本打开的日记

每一行都是细心斟酌的词句

走过稻田的人

攥紧数据

心里想着
多一担是一担

走过稻田的人
在明月下歌颂着丰收之章节
用脚步敲打土地

走过稻田的人
用指尖在梦想里插秧
渐渐，岁月丰盈无比
日子完美无缺

一位老人的嘱托

黑蟋蟀，红蚂蚱，金稻子
还有一位穿着白衬衫的老人
在田间，自言自语

风变得大度，不会斤斤计较日子长短
阳光也更细心
晒暖了老人的方言，要颗粒归仓啊

田地里
时间在等时间，季节在待季节
稻子的脚步在努力追赶

等一个丰满的日子
和一把磨得闪亮的镰刀
沉甸甸的希望，铺展开来

老人低下头
轻抚每一株稻子
好好长啊，还有人吃不饱饭
清风落下笔端，收录下他的嘱托

马云飞

站在风中看稻子（组诗）
——写在袁隆平离去的日子

如果是看一大片快成熟的稻子

我还是建议你站在风中，站在风中

你完全可以，把这一大片

一望无际的稻子，想象成

金色的海洋。有风经过的时候

你一定会感觉到震撼，一定会发现自己

一瞬间的伟大，或者是悲壮

这个时候，你要保持冷静

不要叫喊，也不要挥舞手臂

你要屏住呼吸，仔细聆听从稻田里

传出来的各种声音，它们也许是

人类对粮食问题的讨论，也许是

一粒稻米对历史的回忆

你就这样耐心地听下去，一直听到

秋天落日的声音，这时就会有一棵稻子

突然站在你的面前

攥紧一把泥土

在盐碱地，攥紧一把泥土

就能攥出稻米，一个人的目光

远远超越了大地。在沙漠

攥紧一把黄沙，就能攥出海水

攥出波涛，攥出一个人的执着和硬度

浪花在沙漠里起舞

在任何地方，只要攥紧一把泥土

就攥紧了一把种子

只要这个世界，还有开花的季节

永恒就会在稻浪中收获

攥紧一把泥土，就像攥紧了一串音符

整个世界都在为粮食而歌唱

2021 年 5 月 22 日

攥紧一把泥土，我想攥紧时间

和泪水

稻子紧跟着大地行走

即便是孤零零的一个，稻子

也紧跟着大地行走，即便是拒绝天空

也必须紧跟着大地行走，即便是死亡

被当成干草点燃，变成一堆草灰

也必须紧跟着大地行走

梁文奇

每棵稻子都致敬，每颗稻粒里都有芳香的祖国（组诗）

我毕生的追求就是让所有人远离饥饿。

——袁隆平

纪念，或稻子之诗

当我从一棵稻子，变成无数棵

身体上留下你的指纹，我开始变得幸福

不再孤单，我的伙伴，从南方的热带雨林

到白雪皑皑的建三江；从西北的荒漠

到海滨的沼泽；是的，你会看到我

你会感受到我们被注入星光般的热情

当星光璀璨，凉风大饱，渔歌唱晚时

已过了一年又一年

我们一次次把腰身挺高

我们一次次把产量提到更高，可是我们知道

有一个像天使一样眷顾我们的老人啊

像一个追梦的赤子，像一个爱做梦的孩子

你和我们有多近？近在咫尺；你和我们有多亲

——如果你不仔细看，如果那时是黄昏
你会误认为那躬下身的他是一丛稻子
没错，他和我们一样热爱这泥土
和我们一样甘于奉献；我们拔节他也在拔
我们灌浆他也在灌；我们像竖琴制造天籁
他就是发音最迟缓、最厚重的那个

泥土之诗，根性之美

说说泥土吧，说说常被我们忽略的事物
说说她的隐忍、踏实、甘于奉献
时时在为我们备不时之需；所出产之物
极尽丰饶，而她却不求任何回报啊
即便这样，有多少时候，我们仅仅以为
这是理所应当？多少时候，我们一次次
逃离这家园，奔赴所谓的诗和远方
从而忽略了故土之恩、之美，却并不知晓
试想啊！有谁能像这泥土，垒起房子就是家
有谁能像这泥土，种上庄稼就是田园
有谁能像这泥土，她为我们默默地倾其所有
而在这大地之上，我们也说说这赤子
说说他们弓一样的身体；以汗水浇灌作物
是的，这无比的忠贞与信仰，从祖辈到现在
早已认定：大地就像母亲！值得信赖

说说吧，还要说说这新宠，也说说旧交

说说五谷，也说说杂粮；说说麦芒的利剑

也说说豆蔻青青的花冠；还要说说稻子

秋风里，那是大地上最流行的打击乐

说说吧，它们有多质朴，有多迷人

每棵稻子都致敬，每颗稻粒里都有芳香的祖国

一粒稻种就是一个大写的汉字

一粒稻种就是一个储蓄光阴的故事

一粒稻种就是一个老人兀兀穷年的夙愿

一粒稻种就是填满中国人饭碗的可能

一粒稻种它总和另一粒休戚相关

一粒稻种有着赤子一样的基因

一粒稻种它总是来自一个稻穗

一个稻穗总是来自同一片热土

一粒稻种萌芽，被栽进稻田

它在蓝天之下，迎风生长

一棵稻子它要建造通向太阳的铁轨

它要长成一张弓，射出幸福的响箭

它要长成竖琴，弹奏新时代的和弦

它要让每个人心中默念一章《秋色赋》

它要让每个人都朗诵一首《小康中国》

是的，一棵稻子成熟了

一棵成熟的稻子会谦逊无比，它弯下腰

它沉默，它唤醒众多的稻子

在向一个老人致敬

在向祖国鼎礼

此时此刻我弯下身来

我抚摩着它们

我知道每一颗稻粒里都有我芳香无比的祖国

张俊超

名为父亲的农作物

一种忧伤，弥漫

或合并一种不确定性

今天冒雨而来。我们试图

让语言犹如种子，长出真实的嫩芽

而不是这枚错误的涩果。除了

颤抖的雅瑶乡

分去我泪滴的，还有一株

名为父亲的农作物

他腰身佝偻

低头劳作。五十年间

一个世界，因一株希冀

抬手低眉，婆娑起舞

一桩心事，与日月星辰

矢志不渝。以华夏的执念

与名义，捧出您的稻香及温暖

贡献苍茫众生

更改形状的饥肠辘辘

还有孱弱的国脉。今天的湿润

难以改变您匆促的脚步，五月

一袭抖颤的雨

颠倒的生死

奉献者——

稻浪里的颜色

被渐行渐远磨成哭声

您埋头走路的背影

濡湿、空荡。永远地

成为被您自己遗落的金穗

可是在心田

那是我们珍视的骄傲与怀念

林婷敏

诗歌两首：稻谷之声、渺小的名字

稻谷之声

嘭——嘭——

石臼捣碎阳光赐予的黄金甲

碓窝之中，珍珠白的

珠玉般的狭长身体

翻滚，翻滚，跳跃

直至完成最后的使命

渺小如我，逃不出

农民皮肤上的褶皱

迷失在一条条苍老的沟渠之中

为贫苦与勤劳叹息

更加大声地，大声地呼喊

坚守与脱贫的名字

直至青春之水再次灌满这片大地

他脸上的皱纹好多，好多

多到可以藏着无数个我

但那双眼睛好亮，好亮

亮到只能藏着一个我

藏着一片大地和一条星河

岁月落在石磨上

是尘土的样子，还是

深深的叹惋声

是他摸过的泥土，还是

他走过一遍又一遍的道路

嘭——嘭——

是稻谷脱去外壳的声音

是农民跳动了千百年的

始终不变的心跳声

渺小的名字

我们每一个人

都有一个渺小的名字，渺小

如同视野里的星辰，闪烁

如同遥远而耀眼的太阳

土地、作物、农民

是渺小的名字

只有盛装一日三餐的碗那么大
只有在风雨中摇晃的身影那么大
渺小得如同
种子破土时的声音

双脚踩住的地方
双手捧住的食物
凝望土地的眼神
是伟大中的渺小
是渺小中的伟大
伟大如同你我的一日三餐
如同风雨中坚守的背影
如同破开土地成长的生命

我们每一个人
都有一个渺小的名字，伟大
如同我们站在这土地上

郑安江

跟着袁隆平去稻田（组诗）

置身稻田

当所有的稻禾绿油油地疯长，一定有一种心愿
被茂盛地渲染
那个朴素而稔熟的身影隐入它们中间，他的脚印
成为被大地收藏的一部传奇，馨香四溢

清风吹拂。正是可以暂时直一下腰身的时候
微微摇晃的稻田，一支曲子推涌着春秋
从脚底，层层叠叠地向天涯蔓延
渴念中的云朵和雨水，携带着渐趋饱满的喜悦
悄然飘来。纯粹的感情和一株水稻一起
蓬勃着一双双眼神里的希冀

被他手掌抚摩过的稻子，阳光也会多停留
那么一会儿：思忖，微笑
然后伸出闪亮的绣针，把混迹于稻子中的稗草
与虚伪、轻浮和浅薄一起剔除

他眼里的色彩慢慢得到转换，由苍翠的绿
变为一派富庶的金黄。所有艰辛付出的时光
跟着温暖和明亮起来
每一穗水稻的籽实，都凝结成童话里的繁星
璀璨、生动。使我们能够联想到的颂词
都与幸福紧密相关

那个置身稻田的身影，习惯于以一株水稻的形态
弯腰。所有的水稻向他围拢过来
学着他的神情低头走路，一步一步抵近梦境
让天下每一只干净的碗，开口
为一粒粒雪白雪白的稻米——代言

认识一株水稻

认识那位九十一岁的老人，很有必要
从认识一株水稻开始，从做一粒好种子开始
在它的生长中，注定有风有雨，还有月光和蛙鸣
成为挥之不去的一种丰盈

这株水稻的根须，同千千万万株水稻一样
深深根植于泥土
水汪汪的稻田，艰辛隐退
被直观呈现出来的情感，舒枝展叶

成为值得付出的守望

这株关心着天下粮仓的水稻，使路过的风
学会了那支悠扬起伏的乡间小调
它的韵律铺成田埂，深入到辽阔的视野中
而稻花打开的一朵心愿是微小的，就像一粒米本身
那样轻，却充满了诱惑与启示

这株水稻沉浸于不事张扬的书写
把自身生长的意义，写到了农业范畴之外
让四海跟着他一起，在长得很高很高的稻子下面
乘凉、做梦

认识一株籽实丰硕的水稻，就认识了那位
九十一岁的老人。他把自己隐没在稻田之中
我们有理由把他看成广阔的稻田，让爱
以一株株水稻的名义，浩荡地蔓延、伸展

跟一粒稻米叙旧

向一粒稻米打问一株水稻的生长过程
从播种、插秧、施肥、灌溉，直到
稻穗垂下，开镰收割
而这粒稻米给我叙述最多的，是一双手掌
像农家簸箕般将它遴选出来，有幸成为

被太阳检阅的一株惊奇，刷新世界的眼眸

一脉潺潺渠水，成为这粒稻米吟唱的恋曲
音符呢，就是那一只只散落在稻田里的脚印
把它孕育的意义，向高度引申
为它的内心安顿下星星般泛动着光泽的梦想
辽远、苍茫，却分外真实

稻花盛开的时节，一场朴素的爱情如约而至
它乘着蝴蝶的翅膀翩翩飞舞
鸟鸣、彩虹与清风，皆成为装饰
它在这时候的念想，是在那双农家簸箕样的手掌间
盘桓

这粒稻米，最终把自己转化为一滴美酒
闪电、雷雨、月色和阳光被深埋其中
为一只空置已久的杯盏，带来
酣畅痛快的表达
世间那些稻米一般微小的善良
都得到一一求证

向一粒稻米打问那些消失的云朵
向一粒稻米探询老家的年景和一只蓝花瓷碗的心愿
向一粒稻米追觅那双农家簸箕一样的手掌，为我们
写过怎样叫人深爱的故事与诗篇

晏　晴

星星在天幕，闪着幽蓝的光（组诗）
——纪念"杂交水稻之父"袁隆平院士

鸟入林

暮晚

当光芒收敛，空气散发芳香

黑暗像众神步下华辇

星星，一颗，两颗，无数颗

好像天庭的人一一归位，显现

与仰望的人，低头嗅着晚风的人

默默相视

那些离去的背影永恒寂静

坚毅质朴的形象，衬着深蓝的天空

无限苍渺

泪花在那一刻凝固

白菊花垒砌的广场，宏大而宽阔

坚实无边，足够竖起梯子

让您升上云端

您缓缓升起的过程，就是
把我们一生的仰望高高地
垒起

您起飞，衣袍宽大
身形旋转，带着风
乘着云朵，一只鸟隐入太空
一匹马奔向天际

月亮就是这样升起来的
小行星响着马达，盘旋在我们头顶

最小的孩子还在襁褓
躺在妈妈怀里
睁着好奇的眼打量密密匝匝
群星一样默不作声的人群
"薪火相传，要让他从一粒种子开始"
年轻母亲的话语轻柔
像她温柔的呼吸

光中的父亲

您在光中，温暖的眼眸
长久地注视一株水稻
像父亲对孩子的热望
每一刻都在长高，茁壮

曾经，稻子们温顺听话
他们打开自己
舒身展体，自由绽放
给您慈爱的目光涂上五彩

他们不再怯懦
听任您摘去病肌，挖去腐朽
换上新鲜的血液、骨骼和呼吸

此刻，他们凝神静气
只愿再一次领受您共和国勋章的博大精深
抚摩心脏，温热的感触
好像您临走前的嘱托——
让稻子长成高粱
撑起我们民族的大厦

无数人活在我们中间
五月的熏风

吹拂他们的忧伤

眼睛因痛苦

隐忍着火焰

稻子喂养的民族珍珠般洁白

坚韧

真理和信仰从来没有令人失望过

您专注坚定的神情

会成为无数个时刻的模仿

星星在天幕闪烁

风吹不散一田的稻子

集体的稻子就是海的漩涡

让怨恨、脆弱逃遁无踪

它们坚实的样子像一个民族的蔚然

丛林深处，众鸟欢腾，百凤朝阳

从来没有人打败过一个国家的脊梁

当高大的背影把无垠的天空留下

让小行星旋转

而星星还在天幕闪烁

每走一步对应您的心跳和凝望

幽蓝的光中，棋盘般的稻田在铺展

闪烁不息的流萤是一种呼应
您在天上，看着我们点亮、燃烧
似乎也在眨眼微笑

优美的琴声响起
月亮升起来
海水呢喃

让河流接纳雨水
大地接纳种子
风拥抱它的孩子
星星在天幕，闪着幽蓝的光

谢忠设

像尊重母亲，对每一粒米肃然起敬（组诗）

众多偶然，必然会无意间选择在自然之中产生
就像一粒稻米，被无辜地遗留在碗里
多么像一颗泪珠，无助地在碗底，如一个留守的孩子独自忧伤
最后的这一粒米，和菜一起，被称为"难兄难弟"
注定只能与收拾残羹剩饭的母亲，再次相遇、相知

每一次，它们都会被母亲用那双长满茧子的手
小心翼翼拿起，放进嘴里。每一天，每一顿
每一个碗里是否都会遇见，被无意间遗忘的那一粒米
每一个家里，都会有一位
刻意钟情于最后一粒米的母亲

万物生长，最后一粒米同样也是大地上的子民。像我们一样
需要阳光，需要水，需要肥料，需要呵护和尊重
或许城市的灯火，永远不会知道一粒米的成长历程
稻子在城市里没有生长的土壤。每一粒米只是在超市
或者厨房做短暂的停留，这是最后的归宿，也是宿命

见　证

五月，万顷稻浪痛哭失声，他们的父亲
袁老，安详地睡了。所有生长的均彻夜未眠，今天开始
每一粒米，都是一座丰碑，镌刻着一个人的名字

阳光的普照，一些水流到极致。一些稻子
在等待颗粒归仓的日子里，让蛙鸣传送风调雨顺的消息

一些米必须经过我的喉咙，才能顺利实现光荣的价值
在母亲照看的稻田里
一棵棵寸步难行的稻子，有时候需要母亲喂养

只有饱满和坚定，一种阳春白雪的尊贵
注定存在与延续，去其糟粕，如果加入
酝酿的行列，到处都是阳光的馨香

那些飞鸟、天空中行进的彩虹线条
和那些十里桃花、万顷荷花、朴素的稻子形成鲜明的对比
在五千年的节气里，绝对刻骨铭心地令人叹服和敬仰

袁丰亮

稻穗飘出稻花香（组诗三首）

在一畦畦稻田里
我常常看见和我父亲一样的身影
正挽着裤腿
脚踩在泥里
躬身观测每一株稻子的长势

他有一副瘦小的身躯
但有胸怀民以食为天的大爱
他是稻田忠实的守望者
他用一生践行爱的誓言：
"一粒粮食能救一个国家，
同时也可以绊倒一个国家！"

他在稻田或在实验室里
常常累得直不起腰
但他更像手握魔法的魔术师
从三系法育种变到两系法再到一系法
从巨人稻、海水稻到去镉稻
汗水浇灌的稻田

替他收藏太阳般沉甸甸的金黄

此时，我看到有一群鸟儿
从远方飞到袁老的身旁
大自然的精灵也有灵性
小鸟也想陪着他
让他聆听大自然的鸣唱
成熟的稻谷飘出稻花香

饱满的情怀

天空借着大雨哭了
哭得天昏地暗
五月的稻穗
替一位稻田的耕耘者
挂着晶莹的泪珠

我相信他没有走
他正在去救一粒稻种的路上
泥巴沾满腿脚

为全天下的人都吃饱米饭
他正在大地起伏的稻田里
扬花结穗

抒发心系百姓温饱的情怀

星辰闪耀的名字

神农尝遍百草
那只是远古的传说
你培育的稻种
从一株扩展到千万顷
让民以食为天的苍生
远离了饥饿

用一粒稻子
概括你九十一年的生命
用你对大地的深情
关心稻子的成长
写下当代神农的经卷

你用大爱
筑起千年盈满的仓廪
这丰盈的稻穗
这星辰闪耀的名字
依然关照着这个美好的世界

温勇智

对一粒稻谷的解剖，抑或致敬袁隆平

对一粒稻谷，我进行了数次虚拟

譬如选种、育秧、播种、管理、收获

譬如果腹，譬如制作精美糕点，譬如酿酒

岁月给了泥土多少馈赠和补偿，只有水稻知道

因为俯首，根扎于大地，构思沉甸甸的果实

因为抬头，茎叶朝向天空

与日光、月光、星光交心

大地，把稻谷两个字喊成真实

而一个人的思想，可以把土地拓宽加厚

他让饥饿遁形于胃壁之外

让凄惶隐迹于目光之中

让稻谷雕琢的灵魂，淘尽猥琐和胆怯

牵引出人间最宝贵的品质

在广袤的大地，或许，他就是一株稻子

没有谁，像这株稻子对应着大地的抒情

有一种美好默默地联系着自然与我们的胃口

爱稻的人打马经过

一朵朵摇曳的流韵奢侈而又浪漫

阳光落在水稻之上，水一样安静

接近一首词，他即大地的灵魂

借阳光的遒劲之力，一方古老土地的文明

不断茁壮、葳蕤

让我们每一根神经都呼吸急促并感动

无须粉墨，水稻是大地登场的主角

泥土下那些潜藏的爱，做着强壮的呼吸

我念大地，我述稻谷

如果可以假设，我当然也愿成为一粒稻谷

在花好月圆中，与稻谷成为朋友、亲人

即使什么也不做

在水稻的田间躺一躺，也会感觉幸福

现在，请握住空气中递过来的一脉清香

完成我和大地，我和一个人

抑或稻谷之间最后的辨认

李云迪

自然之谜：她的土地

没有勇气，去和一只鸟儿交谈

她守着北方的冬天

无法抗拒一根稻草的温暖

她渴望胜利，渴望脚步更加坚实有力

渴望顺理成章的欣喜

于是，她向贫瘠宣战

制造着假想敌

禁足者打破戒律

不再做鱼贯而行的悲观者

不再有人用怜悯去亵渎他们的初心

总有时间，去和一只鸟儿周旋

她躺在冰上，不停地比画着剪刀手

稻花依然明艳，燕隼的野性骤减

此刻的信仰正举着光的令箭

让低云垂涎，让花草钦慕

让万亩绿荫俯首称臣

茜草的汁液染红了整个夏天

雀族们归来，为受伤的树桩

献上最美丽的翎毛

她热爱的土壤

一万粒种子都长着纯洁的眼睛

她那姣好的面容，只为黑暗闪现

她的森林，诞生在火山石上

每一寸皮肤上

都铺满了金黄的稻田

就在此刻

整个冬天，都在历数

熟悉的和陌生的树

某一片叶子，某一些果子

某粒被冻僵的种子

某些格斗和蚕食也逃之夭夭

我看见太阳升起

月亮还寄居在最高的树梢

寒光和火焰的交锋，就在此刻

迷雾困扰着我的眼睛

就在此刻，我渴望讲述

讲述

大地的干涸，小麦的饥渴

就在此刻，我尝试解释

解释

鸟儿的孤独，猫头鹰躲在废墟暗无天日

就在此刻，我想逃离

可我还是要，继续留在这里

留在这片黄土地

埋下我深深的脚印

和天地交涉

和日月一起守望

直到深深的树根长成森林的茂密

李明春

袁隆平，一粒星光的稻子（组诗）

袁隆平，俯身一脉稻花香

泥土的博大丰厚，是礼仪之邦的见证

一粒稻子是王冠上，镶嵌的宝石

一粒稻子是筷子上，错银的钻石

一株稻子，点缀在金黄的时节

靠近了，你的目光

这样的磁铁，在吸引着铁的骨骼

那样的注视，像一只哲学的蜜蜂

对于花露的吮吸，像一只转世的蝴蝶

对于花香的迷恋

这样的稻子的花海，汹涌澎湃

这样的稻子的金山银山，气势磅礴

这样的贪婪，是一个褒义词的暗喻

褒奖了，一位伟大的父亲对于

十世单传婴儿的凝望和依恋

袁隆平，是稻子的父亲

含辛茹苦培育出一粒一粒稻子的星光

为了中国夜空，为了世界夜空

一粒一粒星星的长大，长成太阳

长成月亮，用稻子的和平光芒

照耀大地，这样的豢养

像一粒一粒的星星，喂养着

繁星满天的咀嚼和照亮梦乡的温饱

让黑夜端着一粒一粒稻香的饭碗

在自己手里，璀璨的大米饭熠熠生辉

一如花蕊的绽放，粒粒芳华的精髓

袁隆平，稻花香里的乐章

这里是稻子的交响曲

这里是百万雄师的新长征

露珠闪烁如晶莹剔透的音符

掌纹里的琴弦

在弹奏稻花香的乐章

蛙鼓，接过

袁隆平手里的一株一株稻子

那是一根一根粗壮的琴弦，在叩响着

鱼鳞的月光，丰收是一个

语词，修饰着粒粒饱满

瓷实，如灌浆的稻子和安详

写出了那些滋养灵魂的

诗句，珠玑圆润了华丽的诗篇

交给，六月的阳光朗诵

每一个音节，都是一粒一粒汉字的

打谷场，开着长江的收割机

那是黄河与山峰的联合，用成吨成吨的

金黄，在涂抹泼洒着

九百六十万平方公里的，产房

是翰墨生辉的，大地和宣纸

这样的丹青，交给了太阳

交给了月亮和星星，粒粒饭香的册页

如粒粒花香，在咀嚼这样的押韵

一排一排地驶过

梳理了镰刀，梳理了铁锤

梳理了稻穗麦穗和齿轮

那是一种栉风沐雨的，平仄

中国的稻子在轰鸣，像中国的脊梁

在炙烤中，挺直了钢筋铁骨的长城

稻子的脊梁，中国的扬眉吐气

是袁隆平，这株中国稻子的

扬花，喂养了年年有余的诗眼和授粉

袁隆平，一粒稻子的衣食父母

一粒一粒的稻子

一粒一粒的大米

一粒一粒的胎衣，在养大

中国精神，那是袁隆平

一粒一粒大米的奉献

几十年如一日，叫作沧海桑田

实验室的灯盏，是一粒稻子的内心

装满了春天的国泰和吹拂

心跳的民安和哺育

是袁隆平先生的播种，一种

骨血，是中华大地的肥沃

在这没有硝烟的战场上

袁隆平教会了我们

去沐浴"枪林弹雨"，像一颗一颗的

星星，心中装着黑夜

像一粒一粒稻子的袁隆平

心中装着民以食为天的箴言和鸟巢

那是一粒一粒稻子碾出的乳汁和宇宙

是一粒稻子里，搓出了长江

是一粒稻子里，搓出了黄河

是一粒稻子里，搓出了袁隆平的匠心独具

是一粒稻子里，搓出了中国精神

是一粒稻子里，搓出了金木水火土

是一粒稻子里，搓出了黄土的雕塑

在掌心里搓开了，满天星光的

泪流满面，一种感恩的感谢和顶礼

那是稻子雕塑的丰碑和丰登

将一种悼词，对于袁隆平先生

不朽的怀念，发表在中国的

稻田里，浇筑刻写了永恒的祭祀

袁隆平，中国真正的一株稻子

中国真正的衣食父母，在风调雨顺时

这样的物华天宝，叫作中国稻子

这样的人杰地灵，叫作袁隆平

粒粒稻子

是不朽的青史和错金的缅怀

苏立敏

稻

最早的那株水稻
没有名字，以野草的身份出现在沟壑边
是我们的先人，发现了这株草与别的草木不一样
摘一粒籽，搓开，闻见一丝淡淡的、细细的香

品味中，日子突然细腻了
先人那时穿着兽皮衣裳
手拿防备野兽袭击的树杈
对于外界，是那么惊慌

可以想象手拿稻谷奔跑的一幕
夕阳都惊奇得不愿意落下了
微风摇曳着夏日的光芒
奔走相告的先人以吃惊的口型定格了稻的名字

微微开启的嘴巴
仿佛春风吹开了柳笛的惆怅
每一个草木的名字里
都藏着它最质朴的原乡

刘名扬

人间稻花香（组诗三首）

芒　种

雨生百谷
一颗饱满的稻粒跳动着
冲破泥土的束缚向上

熬过漫长的寂寞
螳螂生，鵙始鸣，舌无声
它在希望的憧憬中生长，吐绿
祈望着风吹稻浪

禾　梦

草帽和纤瘦的侧影穿梭在
稻田、实验室和田间小路上
他用一种热爱去培育另一种鲜活

稻谷饱满向下

赤子的心跳向上

他乘梦而去，化作一颗星

天地人间仍留有稻花香

人　间

丰收的稻谷做成金黄的糍粑、嫩白的米糕

异地的人总会想起故乡

炊烟、鸡鸣、父亲弯腰的背影

稻场享受着一颗颗稻粒的亲吻

太阳把光芒洒在金黄的谷堆上

这家丢下饭碗的孩子在嬉戏

远处田野拾穗的诗人在低吟

稻神归去

——写在我的朋友袁隆平先生驾鹤西去的日子

他记忆的世界是灰黑

他梦想的世界是金黄

他看到世界

世界与他并行

尘埃中奄奄一息的非洲孩童

秃鹫仍在

他腹中仅仅缺一粒米的支撑

一粒米压垮了全部历史

坍塌了所有世界

泪泉灌溉慈悲的泥土

泥土生长日见苍老的容颜

但坚毅仍带领躯体和微笑

把秧苗插入梦想的春天

稻神

挥动令牌

用一粒金色
替代上帝的职能驱赶秃鹫
给所有饥馑金色的丰满

今天他走了
行前
像他每天所做的
向世界每只饭碗凝视一眼
还是那样清朗地笑着
血色月亮从大海底部匆匆赶来
为了陪伴在他身边

王志彦

一株稻子用信仰唤醒了土地（组诗）

悼袁隆平

一株稻子的脖颈上，究竟能驮动多少家庭的温饱
究竟能酿制多少老酒，抵御多大的薄凉
只有您知道

风吹稻香
广袤的粮田还在疼痛。身披蓑衣的人，手握稻种的人
您像一只大鸟，抬高了天空

是谁点亮了粮食的灯盏，让大地内心盈满如月
山水肃穆，您去的地方，有比稻子更加温暖的召唤
不是异地，正是故乡

与一粒稻子推杯换盏

在八月，有必要与一粒稻子推杯换盏
有必要从稻田里扶起故乡

重温一些旧事

大雪就在路上。有必要让一粒稻子为沧桑的
时间端出杯盏，让一只低头觅食的鹤
从田垄里啄出一条地平线

与一粒稻子推杯换盏，像与岁月互道平安
这些敦厚明亮之物
用一个人的信仰唤醒了土地

抱紧一株稻子的温暖

十里乡路上月色暗暗凉下来，像炊烟
悄悄走出村外，把牵挂挂满空寂的山岚
几句风中的乡音，从草丛中迸发出来
透过低处的水洼，在清澈如镜的眷恋里
充满魅惑。而一只时光中的蜜蜂
怀揣甜蜜，却怎么也浸润不到故乡的胃里

从一株稻子到另一株稻子，看不到自己的影子
就有更深的空寂搬走心软的词语
我们衰老、我们冷……大地抱紧一株稻子的温暖
因此，大地永恒

陶雪亮

做一粒好种子（外一首）

"水稻比高粱还高，穗子比扫帚还长，
穗粒有花生米那么大。"

他的梦想，是在这样的禾下
——乘凉

我确信，他是一位浪漫主义诗人
一生，都在稻田写着现实主义的诗歌

他用 91 年，将自己变成一粒超级杂交水稻
他的肤色，是土地的颜色

如今，这一粒好种子
永远、永远种在了 14 亿华夏儿女的心中……

山居图

季节以色彩的渐变
歌咏生命

生命以自然的法则

荣枯兴衰

一切都在变

一切都没变

在变与不变中，一切都在循环往复

一株稻谷的一生

约等于一个耕种者的一生

它短暂而又漫长

土地，是万物的起点

和归宿

风和水，荡涤着时间的灰烬……

为什么只喜欢山居

我曾反观自身。寂静如我

只有在山中，才有森森林木般的安宁

龙　云

先生此去（外一首）
——谨以此诗献给"杂交水稻之父"袁隆平院士

熟悉一个与稻子有关的名字

坦白讲，我并没有弄懂

母本纯度、超优千号、天然雄性不育株

也不懂所谓的"三系""二系""一系"

然而，我熟悉稻子的味道

熟悉一个与稻子有关的名字

一张与稻子有关的沟壑纵横的脸孔

我们都是大地的孩子

有一张照片，你站在田埂上认真地拉着小提琴

周围是灌浆的稻穗

欢快充盈着大地，有风吹来——

空气中飘着稻子香和母亲的乳香

还有比这更浪漫的事吗

还有一张，你佝偻在水田中央

庄稼一茬比一茬长得饱满

一蔸比一蔸长得水灵

你抚摩稻穗，像抚摩自己的孩子

一生二，二生三，三生万物

赤子心朝下，稻芒向上

先生此去

时间凝固在五月，秧苗刚准备下田

鲜花翠柏丛中，你身上覆着国旗

我似乎见过你很多次

旧草帽，薄衬衫

饥饿年代里的拓荒者

总以不同的形式

有些事情可以干一辈子，譬如——

把米饭装进每一个粗瓷碗，汗水蘸阳光

你说稻子是你的孩子

你陪他们长大，抽穗又扬花

对着他们笑，说好听的话

微风把他们吹得毕剥作响

你走后，每一丘稻田泪流满面

稻子灌浆的季节，我们仰望星空

繁星似水，长河里有一颗以你名字命名的小行星

你做了一个梦

梦里，你在一片稻田里乘凉

梦里，你是太平洋上的海鸥

梦里，大地之上，青禾扬扬

你走了，你没有离开

郑洪利

致敬，我们的"父亲"袁隆平（组诗）

一

你就是我们的父亲
我们的每一粒成熟里都闪烁着你强大的基因

我们从分蘖到拔节的每一个细节
都在你指纹的抚摩之中
你遗传给了我们一种骨气
于是我们就有了筋骨和韧性
成为一个国家站立的象征

我们要大声地、旁若无人地呼唤你：亲爱的父亲
因为你我们才有了稻穗般憨厚的品性
我们学会了和阳光交换信物
像你一样将自己的灵魂和大地紧紧地拥抱
用一生的燃烧去为世界兑换一份光明

二

抓一把泥土放在心口
我们要留住你的魂灵
让内心稻穗一样沉甸甸的敬仰
垂落在你无限辽阔的心胸
我们的每一粒成熟都被你的信仰包裹着
那么灿烂，仿佛是阳光的转世投胎
就像一颗颗小太阳的雏形

这不只是养育了我们的米饭
更是照亮了民族命运的火种

三

你的爱心比太阳还要具有无限潜能
你解开了人类吃饭大课题这道最难解的方程
其实，过程已经不重要了
你就像一江东去的春水
从来不会停滞不前背负着漩涡般的功名

你的胸怀就是厚重的大地
所有的农具都试图解剖开你伟大的内心世界
其实你的灵魂一直是那样的晶莹透明

你名字的分量究竟有多重

不能用具体的数值来表述，它就在我们的心中

每颗人心都是一架天平

它能精密地称量出你人格的全部内容

你的胸怀是收割不完的稻谷啊

覆盖了世间所有渺小和自私的阴影

我们要将你的情怀都颗粒归仓

贮藏进我们的骨子里，还有我们的神经

我抬头仰望

我仿佛看到了雁阵从头顶掠过

它们正排成一个大写的"人"字形……

李　根

稻花开了（组诗三首）

稻花开了

稻花开了，我是秋天的人了
花香发出呐喊，长出翅膀
矮桃树下的人拔出一身红衣
看老桥、残阳，还有干巴的河床
有一位明星禾苗在独唱
引来亿万平凡的秸秆伴舞

稻花开了，捎来梦，催人回家
可舍不下这长满故事的土地
等花儿凋零，别打扰它们灌浆
满地的落花，是村庄圆满的梦

稻花开了，敲下最白的一朵
随弯曲的心事夹进画直线的信笺
写出寥寥数笔的相思秘密
并在华夏大地上连片公开成口号

成熟的果子总是垂向地面的
陶醉的花本就藏有惊人的欲望

稻花开了，歌声被风打包群发
从东南方向巡视来一堆云
它没有大河倾倒，也没有窗口停留
堆积在田野，说这就是诗和远方

稻花开了，木槿弹奏路人肩膀
泥巴路最熟悉劳动者的走姿
稻子即使活在偏远又苦涩的野地
也会傲然长出无尽遐想和最美模样
老拱桥那边的老屋藏着一桶乡愁
稻丛中，红衣紧裹的迷人身段时隐时现

稻花开了，无风的夜，门没上锁
桌上半杯酒晃动，窗台有滴滴泪痕
回家了，镰刀上惊现温热的指印
哦，稻花开了……

老母亲

晾一把稻穗，留住爱情和青春
就像仲春的一半韭菜长在菜园旮旯
用目光开辟出儿女假日的归乡路

困了、疼了，还一直站着、等着
任凭嬉闹顽皮的孩子翻腾下午
岁月佝偻，惊艳并温润着

老水桶的铁箍嵌进木纹里
磨合了一辈子，谁也离不开谁
连季节都知道按时爬过山头回家
闺女小子咋还不见人影呢
再回水稻田边，抵着老柳树
垫起唠叨，预算稻花，盼日子成熟

水煮一碗花生，曝晒一匾豇豆
一路舞蹈跟跄，眼窝里的稻子泛黄了
天边催收的布谷鸟，也在催人西归
小河边有一个蓝布婀娜的倒影
在一个大雨喜降的干旱之夜
闭上眼，还上二十年前的约定

土地情未了

一垄垄稻田孕育着秋天
开镰了，遂割开曲张血管的土地
一只雄鸡跃上村西的山巅高歌
啼出黄金十月，那八千顷的欢乐啊
终于用丰收兑现泥泞的许诺

放眼稻田，那忙碌的身影在哪里
只有黄色的稻浪无休止翻滚着

登上楼顶，和稻子酝酿醇香
高产新品种在想象里拔节
还有土壤板结、荒芜，被淡忘
有谁逃离土地躲进城市森林
饭香里裹挟着不安，忧患生出苔绿
大地之子不忘初心未改使命
卧躺在收割后的稻茬上触摸心跳

一个戴罪之身踏上江湖之远
陷入文字泥潭阅读庄稼成长记录
新垦的盐碱地长出新绿
株株有使命的灵魂又在梦里抽穗
再捧一把泥土，像是人生初见
泥土里浸透血汗、心酸、苦难和梦想
更凝结聚散悲欢，昭示枯荣兴衰

王柱森

一个人与一粒稻谷（外一首）

——悼念"杂交水稻之父"袁隆平院士

一个人与一粒稻谷结缘

大地就有了水田稻场

水田和阡陌也有了思想

苍生如稻株

星星变成稻草人伫望

十年磨青禾为剑

只为"杂交水稻长得比高粱高

籽粒比花生大

人在稻穗下乘凉"

一粒稻谷就是一个生命

于是，生命与生命对话

生命与生命守望

生命对生命有了梦想

生命对生命有了担当

脱壳后的肉身

把天下饭碗添满

有限的土地，有限的生命

收获无限的希望

"我见青山多妩媚

料青山见我亦如是"

一个人，一颗金色的稻种

播撒一曲生命的交响

禾下乘凉
      ——致袁隆平院士

您梦见水稻比高粱高，稻粒比花生大

人在稻穗下乘凉

其实，禾下乘凉的，是土地

稻谷为此低头，等不及金黄

禾下乘凉的，还有

端着满碗米饭心中不慌的苍生

天上有您的名字

而您把星星播种在脚下的泥土

今天，青青的秧苗垂下泪珠

我也把禾看成了天，就有了天下粮仓

周八一

被秋风之酒灌醉的父亲（外一首）

稻耍西风，摇响阳光的金铃
千亩"超优千号"涌动的芳香
环绕父亲。他躬身逡巡其中
神情庄重，目光虔诚

沟路已经理顺，稗草早已清除
铃声喊醒的一畦畦水稻
发出一阵阵金属的回声
宛如训练有素的士兵
正回敬他的检阅

千亩起伏的稻田，像一艘航母
满载希望和黄金，穿越
岁月的风调雨顺，开始返航
又一扇通向理想的幸福之门
正悄悄打开

被秋风之酒灌醉的父亲
像一位船长，阳光跳跃的缝隙

我分明看见，他额角
颤动的汗珠，晶亮、浑圆
闪耀人间粮仓最殷实的光芒

土地的味道

微风里，血汗混合的泥土气息
在悄悄氤氲，它陶醉了万籁的和鸣

赤脚跟在父亲身后，竹筐里
是新挖的红薯，裹着潮湿的土腥

在童年的眼里，它们是那么美
就像土地煨熟的一颗颗实诚的红心

我饥饿的目光摩挲着贪婪，舌尖
绽放的味蕾，颤动黏稠的糯香

那香紧紧缠绕在记忆的深渊，庞大
柔韧的枝蔓，一寸寸攀上光阴的高处

穿透层层钢筋水泥的麻木日月
悄然爬进我魂牵梦绕的心灵之窗

周会生

母亲的种子（组诗）

母亲的种子

母亲的种子，是一群顽皮可爱的孩子

大地的种子，是母亲

母亲肩挑起土地和孩子

童年的田野星罗棋布叠满丘谷

满眼的葱绿油碧

母亲眼中熬满了忧愁

昨日家仓米缸遭到了坚壁清野

清晨的霞光

映透母亲一颗急躁的心

盯着那分蘖、灌浆、抽穗直打转

野菜、红薯在主演三餐

孩子们正处于身体大爆发期

种子们消瘦病弱

镰刀深入稻田细查

谷粒结成了一条密集的厚实藏毯

鹅颈伸向母亲手里的镰刀

捧起第一把金色谷粒

撒向空中，装满竹箩、塑料袋、大板车

母亲的皱纹在劳累中舒展忘情

谷粒睁开一只只柳眉瞳仁

在田埂上受到贵宾接待

辣阳爆满了种子的饱壮香甜

母亲快乐地吆喝起田野的凉风

天不炎热了

在母亲心里、眼里、声里

是吃饱、幸福、希望

夏蝉在热风中轮唱

母亲祈祷来年与青黄不接分手

远方正跑来强壮的种子

母亲站在田野等待

远方的种子

远方的种子，一位寻种天涯的人

自信、坚忍、不屈又坚持

阳光雨露、星辰大海甘心为他护航

书本里装着无数的粮食

童年里看着病弱的饥饿

梦想里乘着香甜的稻荫

世界长时间用一种奇异的眼光注视

野地沟渠穿游这一顶草帽

稻秆芒丛中颤抖着一双满是划伤的手

种子，您在哪里……

我是您忠实的粉丝、追星者、管理者

远方……远方……远方跳闪着种子心脉

灵犀撞击着彼此的意念

种子就在远方

时光风儿传来远方种子的天文回音

用你的初心去印证

用你的恒心去打磨

用你的爱心去呵护

华夏的种子任凭你去播种、管理、丰收

似天方夜谭，似海市蜃楼，似白日美梦

数千里云月风餐露宿

远方的种子终于和那双黑瘦手撞击、相拥、亲吻

天涯咫尺须臾间敞亮胸怀

种子跳跃亿万亩的天水大舞台

夏秋的田野里唱起种子的热恋与乡愁

大地母亲笑了

远方的种子有了新的种子

拿捏起一个坑谷、国家、世界的管饱粮仓

丰腴的口音里

祈福赞美远方的种子

天堂的种子

天堂的种子

一缕满是乡愁的精魂

凡间的日子

阳光滋润大地每一片嫩绿叶

田垄的杂交水稻在晨风中述说种子的故事

一双赤脚、一顶草帽、一种忘我

九十一载的承诺

数亿人的饭碗里堆上山丘

无悔追求田野稻种的丰满答案

黄绿色的山地有了芝麻开花般的丰收

肌肤的颜值歌舞在喜庆的锣鼓上

大地把饥饿存放记忆里

喂饱的肚子躁动着青春的思索

一扇门在开放中敞亮

钱包装满了改革红利

大海潮头重回五千年的文明梦想

种子持续撸袖奋斗

梦想在稻秆下撑起一处浓荫

稻子日夜追梦着金色田野的星辰

神州万象陶醉

把梦的美好一起叠加

体魄健壮毫无畏惧、迎难而上

端在自己手里的饭碗实在踏实芳香

藐视一切纸老虎

五月的阳光心地善良

种子有了久落人间的疲惫

天堂已备好休养的精舍

还有一个长远梦想

种子祈祷上苍借寿一百年

神农氏强拽着种子离去

人间用田野做祭器来祝福天堂的种子

王永超

抱紧一株水稻

——悼念袁隆平院士

不知道，眼前这株水稻
是不是从布谷鸟的叫声里
捕捉到了一些蛛丝马迹

看表情，它分明有些焦急
望穿秋水，还在等着那顶斗笠
那件蓑衣
那个清癯的身影缓缓弯下

等着那双温和的大手
抚摩，捧起它嫩嘟嘟的小脸
深情地亲上一口

等着他，一定要茁壮成长的叮嘱
在耳边又一次响起

它应该还不知道

现在人间，那一缕缕饱满的炊烟

一只只米香萦绕的白瓷碗

一阵阵茶足饭饱后的笑声

都已经成为一个老人最丰厚的遗产

如果眼前这株水稻问起

"父亲去哪里了"

我该如何回答

我一个字都说不出，只想抱着它

大哭一场

袁 军

以稻谷的名字，悼念
——祭袁隆平院士

他不再是户籍簿上活着的名字
他不再用瘦弱的身躯，牵挂粮食

稻谷全都弯下腰
他死了，任何一粒稻米都将站出来
替他活下去
任何一株稻穗，成熟时
都会低头向他致敬

因为悼念，一粒米回到胚胎
因为悼念，一个谷仓腾空，蓄满哀伤

王亚迪

袁老，枕着一穗稻子在泥土里睡着了

一穗稻子终于可以闭上眼
安详地躺在一个民族五千年的奋斗史上
那也是被粮食整整困扰的五千年
总有饥饿的阴影如影随形，挥之不去的五千年

一穗稻子用少年、青年、壮年到老年
三万两千天的生长期，萌发出神州大地上
民以食为天的美好图腾
分蘖出碧波万顷田野上
农民担禾，抛秧辛劳一辈子
才换来万家稻花香、中国粮仓满的喜悦册页

袁老，枕着一穗稻子在泥土里睡着了
在梦里，水稻长得有高粱那么高
穗子像扫把那么长
颗粒像花生那么大……

周　兴

水稻的叙述（组诗）

粮食和母亲

我在古老的月光下
回到雨水漫长的村庄
这个叫凤桥镇的地方
曾深藏着我的孤独和幻想
月光很白，如整个平原的雪
把小小的我包围

此刻，所有的日子
都开始重新叙述
从黎明到黄昏
水稻就是活着的希望
从一株秧苗开始
从母亲弯腰开始
汗水一滴一滴坠落
在水田里纷纷开花

稻子金黄的时候

母亲的面容

在太阳的火焰里苍老

在凌晨五点的风中

飘浮不定

她用青春换来了一粒粒

饱满的稻子

换来了家的成长

我坐在月光下

坐在微凉的大地上

陪伴母亲和水稻

粮食，多么幸福的词汇

它滋养着我们

安抚着我们

并给我们

带来黎明的曙光

思念之米

"稻花香里说丰年，听取蛙声一片。"

稚嫩的童音读出辽阔的平原

暗涌的金黄，以及记忆深处的美好

我从黄昏的走廊里

掏出博尔赫斯的诗句

"黑夜里的你，拥有看不见的世界和清晰的自己。"

在城市的黑夜里，我离水稻很远

离白鹭从水田起飞的场景很远

我知道，白鹭再也不是二十年前的白鹭

它们也没有准确的航线飞到我的小区

它们无法给我带来水稻的信息

以及母亲的身体状况

霓虹灯像燃烧的星星

在我的屋顶寂寞升起

电梯坏了，我沿着黑夜的梯子

爬到离天空更近的露台

在愈加焦虑的城市上空

我喊出故乡的名字

喊出苍老的母亲

我把手伸向空中

想抓住远方

那些闪闪发亮的东西

也许是醒来的水稻

变成米，带着母亲的思念

正来到城市的物流中心

白松禾

哀 悼

我想，黄土无意伤人
只不过不能止住抽泣
我想，云锦不愿动情
或许是难以下咽泪水
我昨夜撑着伞

据报道：天使飞过稻田的时候
镜头还聚焦在病房门口
这不是二十世纪六十年代
他们还吃着白米
他们还需要活着
就如同一道疤
血流尽了
也该赠予四邻一些谈资

这个世上有梦吗
如果有
也能做在结出稻子的树下吗
锄头生锈了，天体倾颓，外卖满桌

我能感到
偶尔的灵魂深地

那边也请少抽烟
就像您还不知道一加一的答案
在瘦弱的田地里
不知饥饿的少年依旧奔跑

吴　桧

那一年，稻谷熟了

那一年，村子被烧成炭灰
黑黝黝的稻谷地痛吟无声
母亲撑着大肚子远送
在即将分别的时刻
父亲紧捏帽子，决然戴上
泪水模糊了双眼，母亲
仿佛看见无数个红星在闪烁

那一年，村子重建完毕
稻谷重新生长在黄土地上
瘦小的母亲踩过稻穗
稚嫩的我捡起稻穗追赶母亲
母亲抱起我，坐上大石头
石头摸起来似打磨了千百遍
如脸蛋般光滑，如宝石般珍贵

那一年，稻谷还在成长
我拾起父亲留下的期盼和祝福
紧紧握住。我牵着母亲来到车站

她的叮咛和嘱咐，我含泪不语
母亲最后一次整理我的军装
在即将分别的时刻，我亲吻
母亲粗糙的手背，久久不愿放开

那一年，稻谷熟了
老妇人经过云烟袅袅的河流
绿皮火车将要路过村庄
那凝聚她半生的守望和惆怅
她期盼如稻谷秋日时绽放
直到头发花白，直到被黄土埋葬
她依然不忘稻花飘香的远方

王爱民

滚滚稻浪，领路的草帽是个月亮（外一首）

一顶草帽深入稻田，碰响农谚

一顶草帽落回土地

云朵冲决堤坝，泪如雨下

所有稻子都深深低头

心中不停地喊

父亲，父亲——

我的父亲啊——

稻浪滚滚，十万稻香

一顶草帽挂在屋檐下

是升起的月亮

我们都是被幸福垂爱的人

一顶草帽，用稻草编成

常常散发粮食的香味

常常为我们的生活，返青

一顶草帽从刚没膝盖的稻田里

一路唱着带月荷锄归，比一阵风还轻

后面跟着个无限好的夕阳

一顶草帽告诉我

一株低头走路的稻子，与稗子的区别

草帽，永远是中国人的一个家

让我们跟着一顶草帽，一起返乡

中国大地堆满稻子极品课业

拔出稗子，吹出秕子

眼里不揉沙子

抛弃大而无当的虚词

这沉甸甸的中国大地

堆满极品课业

米粒里有一条条回家的路

指缝太窄，米粒太大

一粒米里有无数颗太阳

跟着你的田垄走

就能回到香喷喷的饭桌旁

你振翅的声音

是护佑我们的天籁之音

我们都是一粒灌满浆的稻子

有着一束稻穗的幸福生活

那叶子的另一面，是朝阳的山坡

田地里，流水弯弯地来了

在中国大地上

每一株稻子都像你一样弯腰

一只脚埋头在土地上

却磕不去鞋底的泥土

一群鸟拍拍翅膀

去收藏遗落风尘的那一粒

本命年的那一粒

谢 耘

在原野，把自己想象成一株禾苗

在原野

把自己想象成一株禾苗

有大地做靠山

春风万般宠溺

但越成熟

我越学会了低头和谦卑

走在阡陌间

我和稻草人相互致意

稻花鱼逐花而食的时候

我感受到了内心的丰满

白云突起

在蓝天的梳妆台前暗自描眉

汗滴禾下土

所有人把裤腿高高卷起的时候

忙碌了一辈子的老牛突然安静下来

寒光四起

我并没有被收割

我的镰刀，是这一蹴而逝的岁月

李俏红

八月（组诗）

想起八月
往事驱赶着一群鸽子
乡间云朵有巨大的白色翅膀

在黄昏之前，稻穗金黄饱满
落在地上的汗水
那些幸福或热切的抵达

稻子熟透，足音清澈
层层叠叠的光芒，雨后的彩虹
风吹响了田野上的收割

有时"一望无际"是个好词
我活得如此用力，穷尽一生
向着太阳的方向

我在水稻的注视下缓缓前行
我的青春，我的土地
我欠谁一个拥抱

母亲从水稻田里直起身子
我的眼里突然涌出了泪水

像风一样穿行在田野

黍草在泥泞里开出花朵
我在天空下发了一会儿呆
一个人来过，又走了
有一种盛开
只是为了告别

不要急于思念
也不要急于接受
爱之后还有更多的爱
生活有一万种可能
把欢喜和遗憾一起种到泥土里

阳光蒸腾着自然的滋养
空气弥漫着金灿灿的稻香
我和水稻一起
从青葱走向成熟

在微凉的清晨
我像风一样穿行在田野

终其一生

也要保持天真烂漫的风度

那个乡音未改的人

蜻蜓在雨里低低地飞

翅膀有柔和的光芒

我在古诗词里翻阅它们

在闪闪的波光里

我看见一些事物

在人世的路上迷失了方向

河水被阳光擦亮

一颗种子被风吹起

没有人知道它会长成什么

水已经漫过膝盖

我期待的日子

将以什么样的方式回来

每一秒钟都存在

没有谁能试图改变

一些词语落在事物的表面

泥土和杂草冷静端庄

把急躁的灵魂放在一边

就这样静静坐着

从前的日子

应该是八月吧

那些山风亲吻着的稻谷

我一粒一粒地数

一直数到泪流满面

一个孩子从我身边经过

他说——

那个乡音未改的人

蹲在田头哭泣

许 星

与稻子有关的情结（组诗）

关于水和粮食

月光如花瓣雨盛开

顺河而上的江南女子

背靠着水，娇羞的手指

不停地调整着自己的美丽

这是某个夏天的夜晚，五月的情歌

在岸边慌乱地徘徊，他的忌妒

让水不安，写了一个季节的情书

瞬间被水取代，水是流动的爱情

为水而战，忧伤流过指间

沾满阳光的锄头，从山脚到山顶

寻找爱情和粮食，岁月轮回

饥饿早已过去，为有源头活水来的

诗句被重新诠释，一只候鸟

飞过冬季，风的影子

在水面微笑，洁白的雷声

在母亲的心中酝酿烈酒和固执

为水而歌，在天的尽头
蓝色的相思，缀满江南女子心头
飘动的长裙，丰收和喜悦站在秋天的
河岸跪地长歌，水是粮食的母亲
水和粮食是母亲的母亲
水和粮食都是我们的春天啊……

割稻子的女人

在金埝村，一场小雨
还没有落下地便被风吹走了
一个女人站在田垄上，她的表情
与那些被压弯腰的稻子一样
闪烁出丰收的喜悦光芒

女人斜歪着头，手中的镰刀
在一片金黄的稻浪里游走
动作泼辣，干净熟练
我仿佛看到
那一颗颗珠落玉盘的稻粒，洁白、饱满、圆润
与她暗香浮动的乳房
有着惊人的相似，我听见泥土的
颤抖声里，充满一浪高过一浪的

诱惑和甜蜜，我听见鸟儿
异样的呼吸，在她的头顶
含情的舞蹈和快乐的歌唱

云彩一样的花头巾
在一片稻浪的金黄里行走
稻米飘香的时光和幸福生活
像新婚初孕的媳妇抖秀
金埝的硬核和美丽
她熟透的目光和隆起的腹部
比秋天更灿烂，比黄昏更温柔……

泥土的怀念

在村口的都坝河畔，我看见父亲
手捧着去年就复耕的热土
阳光从他长满老茧的指缝间
一点点滴落，父亲的脸上
闪着金子一样的微笑，这是我
回到村庄后第一次
看到父亲庄重和开心的表情

我现在才明白，为什么每次
出门时，父亲都要在我的行囊里
放上一小捧黑黝黝的泥土的含义

父亲苦了一辈子，与泥土

亲热了一辈子，地震中

父亲看到石块混杂的泥土时

就像亲人遭受侵犯一样

伤心难过，经常一个人躲在

板房里疼痛难忍，父亲与泥土

早已融在一起了啊

在午夜的月光下，我再次

拿出十三年前父亲送我的那捧泥土

我长跪在父亲的背影里

把还带着乡愁却是温暖的泥土

高举在头顶，与父亲一起

向着茫茫的大山祈祷和祝福……

武保军

希望的大地（组诗）

稻　田

站在稻田里
感觉成熟的稻子有些脆弱
汗水催生季节
季节的拔节像乡亲的笑声

稻香在村庄周围飘绕
金灿灿的稻粒
一粒粒金珠
在街面上滚动

勤劳的双手
打捞了一个丰收
这时的乡村最有魅力
摇曳的稻穗晃动了风

谁的笑声挂在上面

沉甸甸

这是稻子的自豪

土地就是一铺大炕

厚实的土地很温暖

躺在这铺大炕上

枕着坷垃入睡

四肢拉叉

没有挤碰

香甜的口水浸湿黎明

红日抖擞地跳跃于天空

这是个温床

稻子在上面摇头致意

玉米在这里咔咔地拔节

生长绿色的土地

孵化生命的温床

饭香穿过大炕，走进烟囱

燃烧四季的果实

飘向天际

带着朴实的笑脸

土地之火烧在胸膛上

奔走于庄稼的枝叶上
父亲坚硬的脊柱在秸秆上刻写季节

这铺大炕很是多情
生命在这里胎生
就是冷冰也能炙热起来
一起穿越土地的血脉
拥眠了许许多多的生命

余向阳

此时向一棵稻子低头膜拜
——祭奠"杂交水稻之父"袁隆平

你将人间成熟的稻子都带入天堂
以一种别样的方式和母亲相见
跪在床前,诉说一生的爱与愧疚
对她表白:"妈妈,稻子熟了,我回家了!"

我还相信一个真理——
天堂的田亩,定会连年丰收
因为此时天堂有你
如同有你在的人间

仓廪实而知礼节
你手持一棵稻子,这般简朴的兵器
击败一个国土的饥饿
雄鸡高唱,她的人民头颅高昂
如皓月,似星辰,普照东方大地

袁隆平,日夜躬耕于田亩的父亲
你是否依然惦记着这个世界

田畴间，那些遍布的正日夜成长的儿孙

我也是禾穗间长出的一只飞鸟啊
历经多方位的雨打风吹而挺直身躯
立于国土，远离家园
但此时唯有收拢翅膀，低头，匍匐于地
向一棵稻子膜拜，向一个
头戴竹篾斗笠的身影膜拜

一连数日的瓢泼大雨述说天空与大地的祷告
而我除了滚圆的雨珠，还全身回潮
全身生长灌浆的稻穗

谯英伦

袁公三帖（组诗）

雕 塑

时常忘记时间流逝，忘记

天空逼仄，河流倾斜，大地旋转

你蹲在或青或黄的稻田里，蹲成一尊雕塑

仿佛只有这样蹲着，你的老年眩晕症才能轻些

仿佛把大片稻子揽在怀里，你才感觉有儿有女

其实稻子们也更愿意依偎着你倾听

在粮食面前，谁也摆不起架子

饥饿才是这个世界最大的顽疾

每粒米都是生命里的梵音，把饥饿治愈

其实你蹲在稻子地里的姿势，更像我在田间

劳作的父亲——都是一副消瘦的肉身

沾满泥巴的双手都滴着水珠

蠕动的嘴唇含着不易被人察觉的悲喜

这场景令我愧痛，甚至想哭

还有每每我端起盛满米饭的饭碗时

这两尊雕塑就在我脑海交替浮现

我真想大喊一声："站起来吧，父亲！"然后

把落在餐桌上的米粒一一捡起，填在嘴里

只是你的眼神比父亲更加深情、温润

似乎每棵稻谷，都是你从心头和眼底诞下的孩子

似乎每粒稻米，都是你含着的珠玑

吐出来，就是令天下震惊、欢饮和慰藉的理由

其实我更愿意把你与一条浇灌的沟渠联系在一起

在稻子口渴的时候被注满，在收获的季节被忘记

以羡慕之情仰望天空，以虔诚之心匍匐在地

月　老

就像月下老人背着装有红线的锦囊

你背着装有水稻基因图谱的挎包

在稻田行走，把这棵和那棵稻子拴在一起

把一桩桩好姻缘拴在大地之上

看着它们生儿育女，过颗粒饱满的日子

如果摒弃词语的歧义

世间万事万物蕴含的道理，都能用稻子表达

为此诸神才都用稻谷敬奉

高贵和低微的人，都不拒绝用稻子喂养

从明白这个道理的那天起

你就有了此生永做稻谷月老的想法

一干就是六七十年，直到上帝都不忍让你

一位耄耋老人，再干下去

所有的善举都有开始和结束

唯你在稻田里布下的恩泽和福祉

在你死后还会有始无终地继续下去

直到世上再无"饥饿"二字，直到

天空和大地都被稻谷的浓荫遮蔽

一个甘于一生为稻谷做月老的人走了

我们和稻子都知道，你

从来就不是一个轻易善罢甘休的人

你会像在人世那样，把你的杂交水稻

再一棵棵地种到天上去

你行走的背影依然像一棵壮硕的稻谷

令天空瞩目，星辰惊讶；令一首

关于中国乃至地球粮食的宏大史诗

有了横亘天地间神话般耀眼的题目

中国！杂交水稻！

园　丁

一生你只种一种花：稻花

一开，就馨香满天下，浸透世界的额头

一生你只用两种工具：不育系和恢复系

只有秋后要看看稻根粗细时，才用到镢头
一天到晚，你只做一种活计：种好稻子
一辈子从生到死，你只追求一件事：把稻子种好

只与稻子互相倾诉
只和地头的一棵树抱头痛哭
只让蝴蝶和蜜蜂，在脚面和双颊逗留

口中酒气散净了才去稻田
等稻叶上的露水全干了才开始打药
把鞋底的泥巴磕干净，才收工回家

你还从不抱怨天气，只谈论自己能左右得了的话题
比如早稻和晚稻的不同栽法，比如
一枝海棠轻微的心绞痛

虫灾和枯黄病不是你最大的对手
疯长和稗子才是，还有烟瘾和腰腿疼

像个伺候皇帝用膳的人，你谦恭而专注地
伺候着你的稻田，面对葳蕤和丰盛，面对
巨大的财富和无上的荣誉，你
从来都只是淡淡一笑，不贪箸一口

刘传东

一株种在国徽中的谷穗（外一首）
——向袁隆平老师致敬

您生在北方，求学中原，从业南方
以一株稻穗的笃定，以孢子的亲和性
扎进沃土，扎进盐碱地，扎进沙漠
扎进海滩，将袁隆平写进每一寸土地
将去除镉的情热送入每一张嘴

您从废井里捞出被捣毁的梦
您为它输氧、输血。您在狂风暴雨中
培训出一支百折不挠的生力军
雪花覆盖不了您的颠簸。三亚的
那把轮椅把种子升华给了江山

所以您很忙，忙得没有时间抬头
收割后即刻播种。播种后看根须
用放大镜、显微镜看叶舌
看细胞、数颗粒、解析虫豸
在经纬线上穿梭着，并消耗着重量

叶柄纤长的弧度中一阕韵律抽穗

在抚摩，在光合，在倾注中成熟

您把咳出的沙粒放在手心里揉着

再打开时，那是一颗饱满的鹦鹉粒

琴弦弥散着锥形的花序。棋子走进田塍

稻秧从脚踝递伸，长到您的心坎

超越您的身高。您静静地离开

回到国徽的家中，继续 1000 公斤的构思

您不用上闹钟。您的弟子，您的团队

您的外国朋友会叫醒您：袁老师！那把钥匙呢

一枚粮票的追溯

边角有些溃破。雨，泡淡了着色

字迹的偏旁失落在辗转的胡同

比如妻子交给丈夫

比如父亲再交给儿子

姐姐交给弟弟。我的粮票则夹在日记里

右手得到左手分出的一撮稻秧

迅速插进泥水里

看谁插得又快又整齐

两腿岔开，伸出镰刀将搂住的稻菽

揽入另一只手，就势割下

看谁割得快而不遗落

其实打开双手就记得麦芒的刺激
伸出舌尖将搓出的麦粒分给牙齿
咀嚼，咀嚼，再咀嚼
然后是检讨，检讨，再检讨
躺在麦垛上，我可以把满天的星子吃掉，吃光

30 岁。我解下肚子上的草蒌子
我可以敞开肚子吃了
让我的儿子也敞开肚子吃
儿子比我长得高，比我长得壮实，有劲

粮票，是我童年、少年的照片
蜡黄，单薄，消瘦。看看反面
反面是医生开出的药方
茵陈、溪黄草、龙胆泻，三钱

胡红拴

悼袁隆平先生

爷爷，以及爷爷的爷爷

父辈们，都经历过饥饿，以及

饿殍遍野的场景

饥饿的痛，根植在老辈人的心和骨髓

一粒米，老人们的心中都是圣塔

说不尽的尘世里程中

粮，重过千山万水

生命的续航

续命的救星

田埂上的雕像，定格

驾鹤去

此刻，举国同悲，万物无语

行走中的稻子

都立定脚跟，深深垂头

——那蓝天深处的大悲

默默，心间的虔诚为您献上

诗行，此刻仅是一炉檀香
还有心中的合十

那张朴实慈爱的脸
云中浮现，圣像
天地之间
挥了挥手
不带走一粒稻子

叶新忠

种一束珍贵的思念

一位老人

在长沙的街头种下悠长的思念

田里，一株株稻谷也发出焦急的呼喊

缅怀一团团

在空中重复往返

时间拉回从前

阳光撒下一捧金黄

稻田里，那位老人

把慈祥绽放在脸上

你为了禾下乘凉的梦

用脚步把大地一次次叩响

国宝级成了你身份的标签

水稻成为你的定义

生命不息、奋斗不止的人啊

写就一穗穗诗歌

在季节中吟唱

稻谷精心成长
稻田满是沉甸甸的诚实
华夏种满希望
成熟闪耀光芒

厨房里，饭桌上，还有青色的瓷碗里
用清香装满
饥饿的密码已被老人破解
你用睿智的思想
和山一样的脊梁
把重托担起

对于老人，民族英雄的称谓无比合适
百姓用纯朴发出赞叹
幸福不忘共产党啊
吃饭不忘袁隆平

认识你，通过报纸
记住你，通过网络
了解你，通过稻子

与你相见

是我的幸运也是福气

从此壮象人承接你的教诲

点灯前行

你的亲笔题字

"天下香杉，唯美壮象"

至今还高高悬挂着

鞭策着我们一路前行

草长莺飞的五月

稻子正在抽穗

草长莺飞的季节

你离开这个世界，从此长眠

精神却与天地共存

庄严肃穆的悼念

只能缓解一下遗憾

一句句诗词

化为浓厚的思念

大概不负韶华，就是对你最好的心意吧

这个漫长的夏季

我用挺拔的南方香杉

蘸满思念抒写

配合一株优质稻的高度

用一个粗糙汉子的情谊

用一个壮象人的真诚

对水稻之父做出最崇高的表达